雪的練習生

雪の練習生

多和田葉子／著
詹慕如／譯

聯合譯叢 101

目次

【導讀】

在語言的冰面上共棲

——《雪的練習生》與他者的語言政治

湯舒雯

一九六〇年出生於東京、一九八二年後移居德國的多和田葉子（Yoko Tawada），是當今國際間最受矚目的作家之一。自一九八七年出版首部雙語詩集以來，她持續以日語與德語雙語創作，並經常進行自我翻譯，作品橫跨小說、劇本、詩、翻譯與評論，書寫主題涵蓋移民與跨語經驗、民間故事的當代改寫、動物倫理、女性主義、後災難敘事等多種議題；她不僅挑戰語言與文化的疆界，更以其創作實踐持續拆解語言與主體、認同與敘事之間的穩定關係，揭示語言與身分間流動而不穩定的聯繫。因此，儘管多和田的文學身分常被歸入「越境文學」或「非母語寫作」（exophonic writing）等少數文學的範疇中，這些分類並不為她的創作劃定穩固的認識座標，而是突顯那些已經被她跨越、卻又被她不斷重返、穿梭並重塑的分界。

這樣強烈的邊界意識自始貫穿其創作生涯。多和田對冷戰意識形態下的國族敘事與語言政治的敏銳感知，或可追溯至她大學時期主修俄國文學的背景，與受阻經驗——她曾計劃前往蘇聯進修，卻因冷戰局勢未果。她的作品帶著鮮明的超現實風格與反諷語氣，時常探問制度下的身體異化、冷戰記憶的幽靈，以及語言作為逃逸路線的可能性；《雪的練習生》可說正是這些文學特質的集中展現。

小說分為三部分，由三代北極熊的敘述構成，橫跨蘇聯、東德至統一後德國的歷史敘事。第一部〈祖母的退化論〉由祖母熊第一人稱自述展開，講述她從蘇聯馬戲團明星流亡西德，學習書寫並出版暢銷自傳《眼淚的喝采》的歷程：「我要寫的不是過去，而是未來。我將會擁有如同自傳所寫的人生。」第二代北極熊女兒托斯卡則為東德國營馬戲團的表演明星，她能夠以雙足站立，與人類馴獸師烏爾蘇拉演出著名劇目「死亡之吻」。這段以烏爾蘇拉視角展開的訓練過程，最終揭示為托斯卡所模仿並重述的親密敘事，亦即一場以熊之聲音回寫人類視角的語言演練：

「明明答應要寫妳的故事，但我一直在寫自己的事，真抱歉。」「不要緊，先練習怎麼把自己的故事寫成文字吧。這麼一來靈魂才會變空，留出空間讓熊進去。」「妳打算進到我裡面？」「對啊。」「好可怕喔。」我們同聲笑了。

最後，由托斯卡之子努特擔綱第三部〈懷想北極的日子〉的敘事。他的聲音讓一隻真實存在過的北極熊得以獲得虛構表達：這隻於二〇〇〇年代生活於柏林動物園的同名北極熊，出生即被母熊遺棄，由一位男性飼養員悉心撫養，在生前曾成為德國環保代言人與全球寵兒。小說藉努特的語言啟蒙與自我意識的誕生，重新探問關於自然、歷史與身體的文明預設：

假如順應自然，我應該會尋找托斯卡的乳房，拚命咬著用力地吸吮吧……假如順應自然的話。可是打從一出生就跟自然無緣的我，喝著馬提亞用奶瓶餵的牛奶長大。但那不也是自然的一部分嗎？現代智人這種突變的怪物下定決心無論如何都要養大北極熊的孩子。

原本洞穴正中央應該有母親這個中心存在，但是四方形的箱子中央什麼也沒有。

而且還有四面牆，哪裡也去不了。撞到牆壁再也無法前進的感覺、對牆壁外面的憧憬。這些都證明了我確實是個土生土長的柏林孩子不是嗎？我出生的時候柏林圍牆已經倒塌好幾年，但住在柏林的人身體裡都還記得有牆壁的感覺。

多和田曾在《紐約時報》的訪談中提及：「我小時候就會想——現在也仍然會想：動物在共產主義和資本主義下的處境，是不是也有所不同呢？」[1]《雪的練習生》中的熊族編年史正隱隱回應這個提問：祖母熊作為政治異議象徵，被西德出版界包裝成蘇聯人權受害者；托斯卡的身體是東德國營體制所操演與監控的宣傳工具；而努特則在媒體的商品化視線中成為全球化符號。身為「雪的練習生」，這三代北極熊橫跨「冷戰」、「解凍時期」、「後冷戰」，甚至面對地球暖化，始終在二十世紀末與二十一世紀初的各種政治經濟制度下，與人類夥伴共同處於表演、展示、控制與期望的中心。

1 Rivka Galchen, "Imagine That: The Profound Empathy of Yoko Tawada," *New York Times*, October 27, 2016, https://www.nytimes.com/interactive/2016/10/30/magazine/yoko-tawada.html.

他們一方面承受民族國家的政體規訓與精神斷層，另一方面也試圖透過書寫、表演與親密連結，在語言與記憶、夢境與現實之間，尋找抵抗與棲居的可能。

因此，《雪的練習生》既是冷戰幽靈的超現實寓言，也像是一部屬於動物的藝術家成長小說。當語言的主權不再屬於某一穩定的人類主體，而是在夢境與現實之間游移轉換，如托斯卡與烏爾蘇拉之間那場夢中反覆排練的「死亡之吻」，便展現出近乎莊周夢蝶般的哲學動搖：「我們兩個自己在夢中練習了很多次。但我還是很擔心，無法確定到底是我一個人在做夢，還是烏爾蘇拉也在做同樣的夢。萬一只有我做了那個夢怎麼辦？」，小說由此讓讀者必須不斷追問：語言從何而來？主體從何處說話？而我們，又如何與他者共居於這個不穩定的世界？

> 我進入了剛剛自己開始寫的故事裡，已經不在「此時此地」了。抬起眼，呆呆看著窗外，又慢慢回到了「此時此地」。但是這個「此時此地」，到底是哪裡？

學者 Frederike Middelhoff 曾將這樣企圖跨越人獸界線的書寫稱為「文學自傳動物

誌」（literary auto-zoographies），指出小說透過祖母熊的書寫、托斯卡的仿聲自述與努特的語言覺醒，構成一場跨物種的敘述實驗。這些語言場景並非簡單的擬人化，而是一種反思語言邊界與發言倫理的敘事裝置[2]。正如小說中有一處暗示：「他從動物的觀點寫了很多短篇小說。……與其說他把動物當成主角，其實真正的主角應該是當動物不再是動物、人類不再是人類的過程中，那些消失的記憶本身。」這正是《雪的練習生》的敘事核心之一：逆轉語言作為人類獨有特權的預設，改以語言作為通往「非語言記憶」與跨物種共同體的橋樑。

事實上，多和田的所有小說都像是她寫給「書寫語言」這個概念本身的情書。而在《雪的練習生》中，三代熊試圖以書寫對抗遺忘，啟動回憶錄寫作中的紀實或虛構時，那些看似漫不經心的浮想聯翩中，承載了特別動人的意志。例如托斯卡的自傳創作中，絕大部分的篇幅都用來想像她的馴獸師烏爾蘇拉的內在生命，以及對方如何想像自己

2 Frederike Middelhoff, "Recovering and Reconstructing Animal Selves in Literary Autozoographies," in *Animal Biographies: Recovering Animal Selfhood through Interdisciplinary Narration*, ed. André Krebber and Mieke Roscher (Cham: Palgrave Macmillan, 2018), 57–79.

——一旦讀者嘗試想像一隻北極熊如何努力地想像著她的人類馴獸師曾如何想像自己這隻動物的內心世界，便能感覺，對於人類而言，「被嘗試理解」、「被堅持記得」，幾乎就是「被愛」的另一種說法：「我將臉埋在托斯卡的膝頭之間哭了起來。到了這個年紀才終於交到好朋友，遇到害怕的事我總算可以坦誠地說害怕、可以哭泣。一想到這裡就覺得眼淚的味道如此甘美，捨不得結束。」

而正是在這種「擇己所愛」的自由背面，小說也同步拆解了母職與語言根源的自然化神話。當出身蘇聯的祖母熊試圖以德文寫作，卻被西德出版商要求回到「母語」時，她的抗拒成為對「祖國」、「母語」與「母性」神話的反敘事，讓語言從生物學、血緣中心主義與世系神話中解放出來：

「假如我能夠用德文書寫，就不需要翻譯了，你也能省不少時間吧。」「不，妳必須要用母語來寫作，必須能自然地寫出真心話才行。」「什麼是母語？」「就是母親用的語言。」「可是我沒跟我母親說過話。」「就算沒說過話，母親就是母親。」「我覺得她應該不會說俄文。」

在多和田筆下，即使是「母語」，也不過是一種歷史與情境交織下的翻譯結果。這種語言觀讓小說進一步構築出一種語言、夢境與母系敘事交織而成的「雌性詩學」空間（「『萎縮』這種說法聽起來太雄性，或許不太適合我。如果是雌性的說法，那產生出來的東西越小越好。因為這麼一來存活下來的機率才會更大……」），讓祖母熊神乎其技地在自傳的虛構中「預見」、從而「寫生」出自己的女兒與孫子：

寫到這裡我鬆了一口氣倒在床上。我把耳朵埋進枕頭裡，蜷著背，懷抱著還沒出生的托斯卡在胸前。平靜地進入了夢鄉。我的女兒托斯卡成為芭蕾舞者站在舞臺上，跳著柴可夫斯基的《天鵝湖》還有自己編的《白熊之湖》，後來生下了可愛的兒子。那是我的第一個孫子，就把這孩子取名為努特吧。

進而，在這種雌性生產的邏輯中，母北極熊托斯卡得以拒絕哺育兒子努特，而努特也可以在男性人類馬提亞的照護下學會了語言。這種穿越性別與物種界線的照護結構，鬆動了母職作為女性主體本質的神話，也更新了關於「生產力」的倫理與想像：

過了很久之後，隨著東德終焉，母愛的神話也像海市蜃樓般慢慢從德國的地平線浮現出來。托斯卡沒照顧自己的孩子受到大眾媒體那麼強烈的譴責讓我十分同情。……動物養育孩子並非出於本能，而是一種藝術。既然是藝術，那麼培育的也不一定得是自己的孩子。

於是，當傳承與養育不再根植於生物性、「而是一種藝術」，「自己（人）」的定義也將隨之鬆動與擴延。《雪的練習生》所「練習」的因此不再只是對生存、語言或適應的訓練，更是一場對「共居」的倫理與藝術的試探。小說藉由語言與物種之間的流動，想像出一種跨越邊界的共處關係——這種關係不依賴血緣、文化或語系的同一性，而建立在對差異的承認與協商之上。

也因此，或許再沒有比北極及其周邊更合適的場景，能如此具體地承載這樣的想像：在一片邊界不斷消融與重構的空間中，任何清晰而穩固的界線都無法長久維持。人們可以在那裡盡情探索，如何在物種、國族與文化的縫隙之間，共同生存、對話以及發展好奇心：

在這裡，各種語言的文法都被黑暗包覆，失去了色彩，逐漸溶解，漂浮在凍結的海面上。「我們聊聊吧。」我跟托斯卡一起坐在一片冰上，漂浮在海面，托斯卡說的話我都能聽懂。旁邊還有一片類似的浮冰，上面的因努伊特人正在跟雪兔說話。

讀到這裡，身在臺灣的讀者，或許也會想起詩人夏宇在名篇〈交談〉中，對北極語言風景的虛構——兩者之間神似的場景與詩意想像，彷彿在遠距中產生了奇異的文學共振：

聽說住在北極的人們，他們交談的方式是這樣的：他們誰也聽不到誰，因為漫天漫地淹過來的風雪，他們只好把彼此凍成雪塊的聲音帶回去，升一盆爐火，慢慢的烤來聽。……可是這裡是亞熱帶，我有一半的時間消耗在緘默中，而在另一半裡懷疑緘默的意義。……六十燭飽滿無知的燈泡，靜靜照在一群親愛而常常爭吵的人們頭上。

就在這樣的時刻，當冷戰的陰影彷彿再次在地平線上升起，當許多霸權遠遠近近、試圖重畫疆界，位處亞熱帶的我們或陷於緘默，或困於爭吵；《雪的練習生》所描繪的動物與人類、語言與記憶的共同生存空間，正提出一種謙卑而深刻的文學設想：在充斥著冰封與斷裂的地方，關於如何努力尋找一塊語言的浮冰，試著與他者共棲於上。

本文作者

湯舒雯，德州大學奧斯汀校區亞洲研究博士，曾任北美台灣研究學會會長。研究關注現當代華語文學、電影與文化政治，亦從事文學創作，作品曾入選《九歌年度散文選》、《台灣七年級散文金典》等。

祖母的退化論

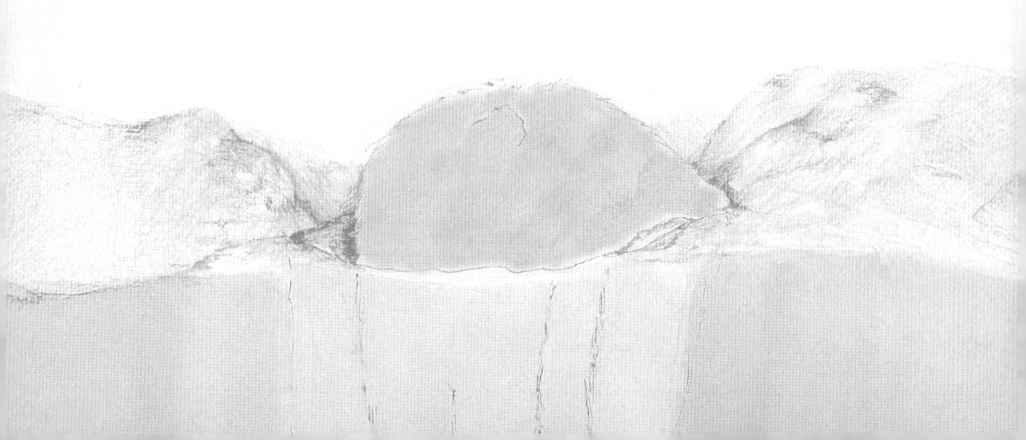

耳朵後側和腋下被他一搔，就覺得搔癢難耐，受不了、實在受不了，蜷起身子在地上滾動。可能還嘎嘎地笑了吧。屁股朝天，把肚子包在內側，身體呈弦月的形狀。因為還小，所以四肢著地毫無防備地肛門朝天，也絲毫不覺得有被襲擊的危險。不僅沒覺得危險，反而還有種整個宇宙都被吸進自己肛門裡的感覺。我在腸的內部感覺到了宇宙。一個「不過是長了幾根毛的嬰兒」竟然誇誇其談講起宇宙，一定會引人嘲笑吧。實際上我確實只是個「長了毛的嬰兒」。因為長了毛，就算全身赤裸也不會是光溜溜的狀態，摸起來會毛茸茸的。抓握東西的力量很發達，但不擅長走路，與其說走路，更像是趁著踉蹌的動力碰巧往前方移動。視界像罩著一層薄霧，聲音嗡嗡迴響，像在洞穴裡聽到的那樣，生存的慾望集中在手指和舌尖上。

舌頭上還殘留著母乳的記憶，所以把他的食指含在嘴裡時會有種安心感。他的手指上長著鞋刷一樣的硬毛。那手指在我嘴裡蠕動、陪著我玩。假如連這也玩膩了想起來，他會用整個手掌壓住我的胸，跟我玩相撲。

玩累之後我會直接把兩隻手掌貼在地板上，把下巴放在手腕上等待吃飯的時間。有時後我回想那曾經嚐過一次的蜂蜜滋味，難忘地舔著嘴。

有一天，他用一個奇怪的東西綁著我後腳。我奮力地蹬，想踢掉那東西，但那個東西牢牢綁著我的腳，怎麼也拿不掉。手開始覺得痛，我迅速舉起右手，然後馬上也舉起左手，但馬上失去平衡往前倒，雙手再次著地。手一碰到地板就很痛，我索性雙手用力往地板一推，借勢讓身體往後彈，花了幾秒保持平衡，但終究還是會往前倒、左手碰地。這時碰到地板的左手像被火灼燒般的痛。我急忙往地板一推。重複了好幾次這種過程，不知不覺中我竟可以用兩隻腳站立、取得平衡。

寫東西真是一件很詭異的事，像這樣盯著自己寫的文章看，腦子就開始天旋地轉，分不清自己人在哪裡。我進入了剛剛自己開始寫的故事裡，已經不在「此時此地」了。抬起眼，呆呆看著窗外，又慢慢回到了「此時此地」。但是這個「此時此地」，到底是哪裡？

夜深了，從飯店窗戶往外看，前面的廣場看起來就像個舞臺。街燈的光像聚光燈一樣在地面照出一塊圓形。一隻貓走過那斜切的光束中。沒有觀眾。周圍一片寂靜。

那天有會議，會議結束後所有參加者都受邀參加豪華的餐會。我回到飯店房間先灌了幾口水。油漬鮭魚的味道還留在齒間。看看鏡子，嘴巴周圍有紅色的汙漬。可能是紅蕪菁。我不愛吃根菜，但如果是飄著很多油脂的濃郁紅色羅宋湯，我往往會被肉香吸引，喝得津津有味。

坐在飯店床上，床墊被壓扁，下方彈簧發出吱嘎聲。今天的會議沒什麼特別的，之所以會忽然想起早已遺忘的幼年時代記憶，可能是因為今天「自行車之於我國的經濟意義」這個議題的關係。讓藝術家參加會議、對政策提出意見，可能是種圈套，所以大家都不太發言，只有我跟平時一樣，迅速地優雅舉起放在胸前的右手。我提醒自己動作必須流暢滑順、乾淨俐落。所有參加者的眼睛都集中在我身上。已經習慣。

我帶著有豐厚油脂的上半身、披著最高級雪白毛皮的身體格外龐大，把胸口稍稍往前挺，舉起手來，光是這樣就能讓性感的香氣如光粉般灑落，覆蓋周圍，不僅生物，連桌子、牆壁，都瞬間黯然失色淪為背景。毛皮的雪白帶有光澤，說是白又跟一般的白不一樣，是太陽光能穿透的白。太陽的熱能穿過這白色抵達肌膚，在肌膚下珍藏起來。這是成功活過北極圈的祖先們贏來的白。

要能發言必須獲得主席的指名，所以得比其他人更快舉手才行。會議上很少有人舉手能比我快。曾經有人挖苦地對我說：「您還真喜歡發言呢。」我答道：「這是民主主義的基本素養。」但是這一天我發現了。反射性舉手其實並非出於我自己的意志。我的胸口陣陣刺痛。我揮除這些疼痛，努力調整回原本的狀態。

假如主席那小聲得像蚊子叫的「請」是第一拍，那麼第二拍就是我緊逼而來的「我！」，第三拍大家會倒吸一口氣，到了第四拍我會堅定地說出：「有一個想法。」像這樣表面輕鬆、實則強勢地不斷往下講，之後就會漸漸進入舒適的節奏。

明明沒在跳舞，心情卻像在舞動一樣，我開始在椅子上扭腰，讓椅子發出吱嘎聲。發出重音的音節成了鈴鼓打起拍子來。大家的注意力都被吸引過來，呆呆看到渾然忘我，忘記任務、忘記體面，還有些男人耷拉著嘴唇，牙齒變成冰淇淋，開始溶化的舌尖變成口水，眼看著就要從濕潤的嘴唇滴落下來。

「自行車是人類至今發明的東西中最優異的道具。自行車是馬戲團之花，是環保政治的英雄。不久的將來，全世界的大都市中心將再也看不見汽車，完全被自行車所覆蓋。不僅如此。假如將自行車跟發電機相連結，大家不僅可以在家中鍛鍊身體，還可以自行發電。假如騎自行車去拜訪朋友，就不再需要行動電話或電子郵件。也就是說，除了自行車以外我們再也不需要其他機器。」

會場中有幾張臉沉了下來。一定是擔心不賣機器就賺不了錢。我說得更起勁了。「以後不再需要洗衣機，可以騎自行車到河邊去洗衣服。也不需要暖氣或微波爐，可以騎自行車到山裡去砍柴來燒就行了。」這時也出現了一些笑臉，但是漸漸鐵青的臉還是占了多數。別在意、別在意。這種時候不用急、冷靜慢慢來，我假裝沒看到大家的反應，只要在腦中想像著成千上百個如癡如醉傾聽我聲音的觀眾那充滿歡喜的臉，繼續往下說就行了。這裡是馬戲團。所謂的會議其實都是馬戲團。

主席輕咳兩聲，就像在提醒自己別被我牽著鼻子走，他看了看坐在最近座位、長著小鬍子的官員。對了，這兩人是一起進會議室的，應該彼此認識吧。也不是參加喪禮，但是那官員身穿黑色西裝，瘦得跟釘子一樣。「崇拜自行車、否定汽車，是荷蘭等部分西方國家可以看到的頹廢或感傷主義。」官員沒舉手就開始說話。「我們應該讓機械文明基於正確的目的繼續進化，加強連接住家和職場的交通機構。有人似乎誤解，覺得只要有自行車就能隨時隨地暢行無阻。這是很危險的想法。」我舉手想反駁，主席立刻宣布：「現在進入午休時間。」我沒跟身邊任何人交談，直接衝出建築物。

明明沒必要奔跑，我還是像聽到下課鈴聲的小學生一樣，拔腿狂奔。

幼稚園時我經常像這樣跑出來，然後占據院子最邊邊的角落一個人玩。就好像那個地方有什麼特別意義一樣。其實無花果樹下那裡晒不到太陽，十分陰濕，經常有人往這裡丟垃圾，沒有小孩願意走近，不過偶爾有小孩嬉鬧地跟在我後面，我就會把他們往前丟、嚇他們一跳。我力氣大，身體也大。

大家好像在背地裡叫我「尖鼻子」或者「雪人」。有個小孩很好心地告訴了我。其實我不知道對方告訴我這些是出於善意還是惡意。我根本不想知道別人是怎麼看待我的。不過這麼說來，好像真的只有我的鼻子形狀還有毛色跟大家不太一樣。

我看到舉辦會議的建築物旁邊有一個放了雪白長凳類似遊樂園的地方，便往那裡跑去。長凳對面有條小河，柳樹的枝葉百無聊賴地搔呀搔地輕撫水面。仔細看看，樹枝已經長出許多淺綠新芽。腳下的土也從內側開始翻鬆，探出頭的黃色番紅花在模仿著比薩斜塔嬉鬧著。耳朵裡開始覺得癢。但是不能挖耳朵。還站在舞臺上的時代我堅守這條規矩，現在也都習慣不挖耳朵。

耳朵會癢不見得是因為有耳垢。可能是因為花粉，也可能是因為鳥兒們口中那些散落在高音域輕輕顫動的十六分音符。桃色的春天驟然降臨。春天到底用了什麼樣的機關？竟然可以帶著這麼多鳥和花迅速抵達基輔。是不是好幾個星期前就開始悄悄準備？難道是因為只有我在內心對冬天戀戀不捨，才沒發現春天腳步已經接近？我不太擅長談論天氣，所以很少跟其他人閒聊。經常因為這樣錯過了重要的訊息。腦中突然出現「布拉格之春」這幾個字。對了，布拉格之春來得也很突然。突然一陣悸動。該不會現在我身上正在發生什麼劇烈的變化吧？而只有我自己沒發現這件事？

凍結的地面融化，鼻腔裡開始覺得癢，黏稠的鼻涕垂下來，眼睛周圍的黏膜腫脹，忍不住流淚。這就是春天。春天很悲哀。有人說，到了春天會變年輕，但也因為變年輕，老是回想起小時候的事，回憶變成重擔，反而顯得老氣橫秋。真慶幸我現在還能讚嘆自己可以在會議上快速舉手這門絕活。但是說不定不要知道如何才能快速舉手比較好。

我不想知道。就算想知道，也不可能讓打翻的牛奶回到杯子裡。撲鼻的甘甜乳香滲透到桌布裡，我開始因為春天想掉眼淚。幼年期的回憶像蜂蜜一樣甜美。雖然甜，可是那種甜一旦濃縮，就會變苦。我沒有母親的記憶。母親去哪裡了呢？每次都是伊凡給我食物。

當時我還不知道要怎麼稱呼身體的那個部分。那裡像火燒一樣痛。只要收回那個部分疼痛就會消失。不過我沒辦法一直這樣保持平衡，又會往前倒。一跟地板接觸就又覺得痛。

我看過好幾次伊凡小腿撞倒柱子或者被蜜蜂叮後大叫「好痛！」的樣子，所以可以理解「痛」的感覺。不過我一直覺得痛的不是自己，而是「地板在痛」。因為疼痛要消失必須是地板出現變化，而不是我。

因為地板在痛，所以儘管我雙手推地想撐起上半身，身體又會再次恢復四足跪姿。再下一次我推得更用力，讓我的背往後彎成弓形站起來，避免讓前腳再次落地。要是往後彎得太過頭，就會往斜後方倒下。重複了幾次之後，終於可以靠雙腳站立一陣子。

會議結束也吃完飯後，我回到飯店房間，像這樣紀錄下回想起來的事。大概是因為很少這麼做，疲倦迎面襲來，我就這樣睡著了。隔天睜開眼睛，突然有種老了的感覺。接下來即將展開人生的下半場。以長距離跑來比喻，現在我剛好來到折返點。從現在開始，要以起點為目標而奔跑。回到苦難開始的地點，苦難應該就會結束。

當時伊凡經常打開罐頭取出沙丁魚，用缽磨碎後混在牛奶裡幫我備餐。即使我在房間角落大便他也不會抱怨，會拿來小小的掃帚跟畚箕清乾淨。伊凡很愛乾淨，他每天都會拿水管在地上灑水，再用大刷子刷乾淨。有時候他也會把水管朝向我、對我噴水。我很喜歡冷水灑在身上的感覺。

沒事時伊凡會坐在地上一邊撥著吉他一邊唱歌。哀傷的曲調經常會突然變成叫人想跳舞的節奏，然後再次回到悲哀的谷底。靜靜聽著，會讓我很想前往遙遠的國家。我的心被一個還沒去過的國家吸引，幾乎要被撕裂。

跟伊凡對上視線後，他有時會忽然走近把我抱起，蹭著我的臉頰。有時候也會搔我癢，讓我躺在地上再撲到我身上。

回到莫斯科後我在入住的飯店便箋上不斷開始寫，但是寫到這裡，我就好像不斷在重新塗改同樣的時間，對遲遲沒有進展一事開始感到不耐。海浪上岸後又會退潮，同樣地，回憶也忽近忽遠。下次襲來的波浪跟前一個波浪幾乎一樣，但仔細看看會發現還是有些許不同。分不清究竟哪個才是真正的波浪，我只能重複書寫好幾次一樣的東西。

有很長一段時間我都不知道「那個」是什麼。我還沒有出過籠子，自然不曾從後面看過這個舞臺。假如出去過一次，應該就會看到伊凡在從我這裡看不到的地方，往籠子下的大鍋裡添了薪柴點火，也會看到放在稍遠地方那有朵大鬱金香的黑色留聲機。籠子的地板一變熱，伊凡就會把留聲機的唱針放在唱盤上。劃破天際的開場小號響起。我手掌又開始痛，於是站了起來。

幾乎每天都是這個樣子，光是聽到開場小號我就會站起來。當時還沒有所謂「站起來」的意識，但是我知道身體維持某個姿勢就不會痛，這跟伊凡無數次大叫「站起來！」並且揮著棒子的動作一起烙印在我腦中。

我就這樣記住了伊凡說的話。「站起來！」「很棒！」「再一次！」現在想想，那個裝在我後腳的奇怪東西，應該是有隔熱效果的鞋吧。因此只要我用後腳站立，就不怕地板變熱。

一聽到開場小號就站起來，花點時間保持平衡，伊凡會叫著「方糖」，然後把一個東西塞到我嘴巴裡。「方糖」代表了聽到開場小號站起來後，會融化在舌頭上的愉悅名詞。

寫到這裡，伊凡不知什麼時候站到了我身邊，探頭看著我寫的字。我很想問問他：「你過得還好嗎？」但是卻無法出聲。數度吸氣、吐氣之間，伊凡的身影消失了，但是換上另一種令人懷念的溫暖和焦灼的疼痛襲上胸口，讓我呼吸變得困難。因為寫了跟伊凡有關的事，在我心裡早已經死去的伊凡又起死回生了。就好像有人緊揪著我胸口一樣，彷彿只要大口灌下又苦又冰冷的透明神聖液體，就能有所緩和，讓那股難以忍受的東西消失。現在高級伏特加都外銷賺取外匯，沒那麼容易取得，不過我住的老公寓管理員婆婆最引以為傲的就是人脈，她好像有門路能拿到伏特加，偷藏了不少。

離開房間衝下階梯，我問婆婆：「有伏特加嗎？」她就會露出像張像楔型文字般的臉對我笑，問我：「拿到那個了？」猥瑣地摩擦著食指、中指和拇指。我不高興地回答：「我沒有外幣。」大概是因為我用「外幣」這種乾燥無謂的詞語毫不掩飾地稱呼她卑猥又愉悅的祕密覺得不開心吧，婆婆也別過了頭去。得先安撫鬧彆扭的婆婆，重新將她的心拉回來才能繼續往下談。「婆婆，您換髮型了啊，很適合您耶。」「只是睡覺時亂翹而已。」「您還穿了新鞋子啊。」「鞋子？竟然發現了。不過這不是新買的，是親戚送的。」看來她也感受到我不惜擠出一堆客套恭維也要繼續對話的努力，婆婆瞪了我一眼，又回到剛剛的話題上：「不是不太喝酒嗎？怎麼突然問起伏特加？」「我想起小時候的事，突然覺得胸口有點悶。」「想到什麼不開心的事了嗎？」「也沒有，其實我也不確定是不是不開心的事，但就是覺得胸口很悶。」「千萬別在想忘掉事情時喝酒，這樣會變成酒鬼的，到時候就會跟樓上那個當官的一樣。」聽她這麼說，我想起成人身體重量摔在石板上時那沉重的聲音，不禁打了個寒顫。

「如果有想忘記的事不妨寫日記。」我驚訝地聽婆婆說出這麼知性的建議。聽說她上週剛讀過《蜻蛉日記》。當時俄文譯本剛出版，也不知道實際出版了幾萬本，好像上市前就已經賣光了。婆婆得意地說，她靠關係成功弄到了一本。「要不要也試著寫寫看？」「但日記是要記錄當天發生的事吧？我比較想寫回憶中過去的事，那些想不起來的事，寫著寫著就會想起來了。」聽我這麼說，管理員婆婆也出奇乾脆地回答：「那就別寫日記了，寫自傳吧。」

我之所以會逐漸遠離那華麗的馬戲團舞臺，開始參加各種會議也是有原因的。當我成為馬戲團當家明星，登上舞臺生涯巔峰時，馬戲團接待了一個來自古巴的舞蹈團，與他們同臺演出。起初預計採取平行合作方式，也就是雙方各自表演各自的節目、輪流登臺。但我一看到中南美的舞蹈就徹底癡迷，開始拚命練習，希望能融入自己的表演中。沒想到這大大失策。可能是因為太過劇烈地扭腰舞動，導致我膝蓋受傷，無法繼續登臺。照理來說這種處境的我本來會被射殺，但我很幸運得以轉任幕後管理工作。

以前從沒想過自己適合行政工作，但主管機關確實有識人之明。他們發現我天生具備行政資質，不但能迅速分辨出重要的請願書和一般文件，另外即使不看錶也能準時遵守約定時間，除此之外我還具備優秀的計算能力，光看對方的臉就能正確分配預算，無需借助數字，而且無論多麼不合理的計畫，我還擅長巧妙拆解說明，說服相關人員接受。

適合我的工作多不勝數。例如準備芭蕾舞團或馬戲團的海外公演、處理廣告委託、招募新人、製作文件，還有最重要的，參加各種會議，這些都成了我的主要業務。

雖說我對這種生活沒什麼不滿，可是開始寫自傳後，我對參加會議這件事漸漸感到不耐煩。在家裡坐在書桌前，用舌頭舔著鉛筆時，我巴不得可以能這樣一直舔下去，如果可以，希望整個冬天都不見任何人，專心投入在寫自傳這件事上。書寫這種行為很像冬眠。從旁看來好像一直昏昏欲睡，其實記憶不斷在洞穴中孕育、生長。當我還陶醉地舔著鉛筆時，收到了一封限時專送，要我明天去參加一場有關「藝術家的勞動條件」的會議。

會議就像兔子一樣，會議會生出新的會議。放任不管的話數量會增加到即使每天去參加也應付不及。如果不設法減少會議數量，任何機構最後都會被會議壓垮。會有越來越多人一心只想著如何翹掉會議。到最後不參加會議的藉口將日益精巧，流感和親戚的不幸將逐漸蔓延。但我既沒有家人，體質上也不容易感染流感，無法用上這些藉口。於是我怎麼也逃不開行事曆上猶如孳生黴菌般密密麻麻的行程，光陰就這樣不斷流逝。除了會議本身，還有很多應酬、晚宴、歡迎會和聚餐。唯一開心的是終於能長胖了。我不再站上舞臺跳舞，坐在會議室椅子上，手指沾滿裹著厚厚麵衣的炸餡餅油漬，喝下漂著油花的羅宋湯，像揮鏟子一樣用湯匙舀起魚子醬，累積起不少脂肪。本以為可以這樣漸漸變胖、悠閒度日，沒想到幼時記憶隨著春日的到來一同湧現，激烈地撼動了我，我覺得自己彷彿快從梯子上跌落下來。這讓我知道不管看來多麼穩定的日常，都可能在明天一夕瓦解。有著嚴謹架構的聯邦、宛如英雄銅像般完美的自我形象、平靜無波的心情、規律的生活，這些其實都正瀕臨崩瓦解。既然是一艘即將要沉沒的船，也沒有理由繼續待在這裡。我想自己縱身躍入海裡游泳。這是我第一次拒絕參加會議。儘管我也擔心拒絕之後就會失去生存的理由，可能會被消滅，但是我想繼續寫自傳的慾望，大概比對死亡的不安大了三倍左右。

寫自傳真是一種很奇妙的感覺。我用上過去只會在開會時使用的語言來碰觸自己身體柔軟的部分，感覺這好像是一種受到禁忌、令人羞恥的事。所以我不想把自己寫的東西給任何人看，但看到自己密密麻麻寫下的文字，又忍不住想拿給誰看。這種心情可能像小孩總愛讓大人看自己的排泄物一樣吧。有一次管理員婆婆她女兒帶著小孩來玩，我進房間時剛好看到那孩子得意地對大人展示剛剛排在便盆裡的溫熱咖啡色丸子。當時我很驚訝，不過現在我很能體會那孩子的心情。對孩子來說，排泄物是唯一不假他人之手、完全靠自己完成的產物，也難怪會想炫耀。

我想了很久，到底該把作品給誰看。給管理員婆婆看太危險。不管她看起來有多親切，但她的工作性質是奉命監視公寓居民，誰知道她會不會去告密。那到底該給誰看呢？我懂事以來就沒了父母，同事對我避之唯恐不及，身邊也沒有能稱為朋友的人。

幾經思索，我想到以前認識的一位朋友海狗，他現在是一本文藝雜誌的主編。在我馬戲團生涯如日中天的時期，海狗是我的粉絲，數度帶著大把花束闖入我後臺的休息室。

雖然海狗的外表更像海象，但他綽號就叫海狗，我也只能這麼叫他。他的本名我已經忘了。他說第一次看到站在舞臺上的我，就像被蚊子叮過感染瘧疾一樣渾身發燙，自此迷上了我，他還篤定地說：「這種病一輩子都好不了。」在那之後他頻繁造訪我的休息室，甚至還說過如果不是因為我們的身體這麼不相配的話，很想和我同床共枕。

我一開始就發現我們的身體並不適合性交。畢竟他體質濕潤滑膩，而我卻乾燥粗糙。他有濃密的鬍鬚和健壯的體格，不過手腳末端卻萎縮無力，相較之下我的手腳末端則特別有力量。他年輕時就禿了頭，而我除了頭頂上，下面的毛髮也很濃密，實在很難說我們是合適的一對。不過我們還是接過一次吻。回憶當時，我又想起他舌頭在我嘴裡像魚一樣蠢動的感覺。

雖然齒列不正，但他一顆蛀牙都沒有。這一點我覺得很了不起。我問他為什麼沒蛀牙，他說因為他從不吃甜食。如果沒有甜食，我不知道該用什麼來比喻人生中的美好，這一點我怎麼也學不來。

我跟海狗很久沒見了，但是他一直會寄出版社的目錄給我，至少可以確定他還活著。目錄上寫了地址。我鼓起勇氣，決定不打招呼直接去找他。

出版社名叫「北極星」，位在莫斯科南郊。從外面看完全看不出這棟建築物是間出版社。一個年輕男人正站在建築物裡抽菸，他面容嚴肅地問我來這裡有什麼事，報上海狗的名字後，他說了聲：「這邊走。」像個機器人一樣開始往前走。走廊上的壁紙像燒傷的皮膚一樣往下垂，一直往後面走，終於來到一扇綠色門前。這房間沒有窗戶，低矮的天花板下，堆積成山的紙張都經過香菸煙霧的燻染。

海狗一看到我，就像被人打了巴掌一樣迅速別過臉去，冷冷地問：「有事嗎？」這時我才想到昔日粉絲往往最危險這個道理，但已經太遲了。現在的我只是個不堪的過氣明星，忐忑地抱著處女作站在主編面前。我曾經騎過大球、三輪車、摩托車等各式各樣的道具，但是出書或許是比這些都更加危險的把戲吧？

我謹慎地打開包包，安靜遞出寫在飯店便箋上的文章。海狗好奇地盯著我的鼻子，不過一看到文字，他立刻推了推圓框眼鏡，彎身認真讀了起來。翻過第一張、翻過第二張，可能是心理作用吧，總覺得他眼角好像稍微往下彎了彎。看完幾張後，他撫著鬍鬚、膨脹鼻孔，顫著聲問道：「妳寫的？」我一點頭他就皺起眉頭，眼睛看起來好像很睏倦：「稿子先放我這裡吧。但是篇幅太短了，我有點失望。再多寫一點，下星期帶過來可以嗎？」我不知道該怎麼回答，安靜沒說話，對方趁勢繼續說：「不過妳竟然只有這種紙，太可憐了吧。不然這個拿去吧。」說著，海狗給了我一疊印有阿爾卑斯群山浮水圖案的瑞士製便箋、筆記本跟萬寶龍鋼筆。

我立刻飛奔回家，迅速在便箋表面寫下：「我站起來身高差不多到伊凡的肚臍」。紙張表面是細緻但有凹凸起伏的纖維，鋼筆畫過，就像準確搔到被蚊子咬的地方一樣，暢快無比。

我站起來身高差不多到伊凡的肚臍。一天早上，伊凡騎著奇怪的東西出現在我眼前。他騎了一圈後走下來，說這叫三輪車，然後把那個叫三輪車的東西塞進我兩腳之間。我咬了咬把手，很硬。比伊凡偶爾丟給我的灰色麵包更硬，根本咬不動。我下來坐在地板上，開始玩三輪車。伊凡放任我玩了一會兒，但是再次把三輪車塞到我雙腿之間。假如維持這個狀態他就會把方糖放進我嘴裡。隔天伊凡用手幫我把腳放在踏板上，用力一踩三輪車就會往前進，這時他又會給我方糖。踩越多就能獲得越多方糖。我很想就這樣一直玩下去，但是伊凡把三輪車拿走不知去了哪裡。之後三輪車再次出現，我開始會自己爬上去騎。只要學會一次，就知道其實沒什麼難的。

當然也有些不好的回憶。一天早上，伊凡帶著渾身伏特加和香水味出現，我心情很糟，於是把三輪車抬起來丟向伊凡。他靈活地躲開後揮著手對我大聲咆哮。我不僅沒吃到方糖，還吃了一頓鞭子。這件事讓我漸漸明白，世界上有三種動作。帶來方糖的動作、帶來鞭子的動作，還有既沒方糖也不會挨鞭子的動作。於是我腦袋裡有了三個抽屜，從外界進來的郵件會分門別類歸入這三個抽屜裡。

寫到這裡又隔了一週，我把稿子帶給海狗。外面吹著清爽涼風，可是出版社這棟建築中卻充斥著廉價香菸的煙霧。書桌上堆了滿滿的雞翅骨頭，海狗在桌子後面像小鳥一樣靈巧地用牙籤清理牙縫。

我遞出寫了密密麻麻文字的幾張便箋，海狗立刻認真地讀了起來，他咳了幾聲，伸伸懶腰，只說了句：「太短了，再多寫一點。」這高高在上的態度讓我看了很生氣：

「要不要再多寫一點是我的自由吧。要是我寫了你能給我什麼？」我暫時重拾昔日舞臺明星的自信逼問他，但海狗似乎沒想到我會開口要什麼東西，顯得很驚訝，他連忙打開抽屜拿出巧克力。海狗別開臉，只說了句：「這是東德的東西。我不吃甜食，給妳。」這個叫「騎士」牌子的巧克力不管從包裝紙的設計或使用的墨水來看都很不東德。反正一定是西邊的外國人給的吧。可能是暗地裡進行了什麼交易。小心我去檢舉你。本來想這樣對他說，但話終究沒有說出口，我用手一扳，掰開巧克力，倒出所有四方漆黑厚方塊。味道有點苦。「如果妳繼續寫，這種巧克力要多少有多少。但也不知道妳還有沒有其他東西可寫啦。」說著，海狗忙碌地將視線拉回眼前的資料，就像在說我可沒功夫繼續應付妳。

因為太不甘心，我一回家立刻坐在桌前。再也沒有比不甘心更容易燃燒的燃料了。只要能巧妙運用不甘，或許就能節約燃料來進行生產活動？不過不甘心從森林裡收集不來，這是是別人賜予的重要禮物。我寫得實在太用力，萬寶龍鋼筆的筆尖都彎了，深藍色墨水像血一樣汩汩流出。我白色的肚子被墨水染上了顏色。誰叫天氣這麼熱，我不得不赤裸著身體寫稿。這墨水再怎麼洗都洗不乾淨。

不管給我穿上荷葉邊裙，或者在頭上繫上緞帶，現在我都不會馬上扯下來。雖然還不太懂伊凡嘴裡「女孩子要忍耐一下」這句話的意思，不過方糖的美味我再了解不過了。我漸漸習慣有東西穿戴在身體上，即使看到眩目的光線也不再驚慌。就算周圍有大批人潮、再怎麼吵鬧喧囂，我也不會焦躁不安。於是有一天，我在聚光燈的照射下，一聽到開場小號便騎著三輪車登上舞臺。穿上荷葉邊裙、繫上緞帶。下了三輪車後用雙腳站立跟伊凡握手，然後站上大球維持平衡。掌聲如雷雨般響起，伊凡的手掌湧出泉水般源源不斷的方糖。方糖在嘴裡融化的感觸，還有滿場觀眾席上的人類從毛孔散發出的喜悅，都叫我深深陶醉。

又隔了一週我終於寫到這裡，帶去給海狗。海狗一臉無趣一口氣讀完後，沒好氣地說：「下個月雜誌有空版位，到時我會登上去。」然後又給了我一塊西邊的巧克力。「我們這裡沒辦法給稿費，如果需要收入，要不要先加入作家同盟。」海狗轉身背過我這麼說，似乎害怕被我看穿他的心思。

在那之後又過了一陣子，我飛去里加參加一場會議。會議上有幾個人看著我，不是平時那種帶著警戒的眼神。感覺有點不對勁。在我不知道的地方似乎發生了什麼事。休息時間我走近正在悄悄說話的人身邊，他們立刻切換為拉脫維亞語，我沒辦法加入。沒辦法，我只能站在走廊角落看著窗外，這時一名戴眼鏡的男人走過來，對我說：「我讀了喔。」大概是因此壯了膽，又有另一個男人紅著臉也走過來：「非常有意思，很期待下一篇。」這時看來是那男人的太太也過來，對丈夫說：「你也太幸運了吧，可以跟作者說話。」還對我微笑了一下。不知不覺中，我周圍形成一道人牆。看來海狗把我寫的文章登在雜誌上了。他竟然沒告訴我，海狗這種做法真是太不可原諒了。

會議提早結束，我來到市區進入鬧區一間大書店詢問，店員告訴我那本「風評很好」的雜誌早就賣光了，接著打量了我一番：「對面劇場裡演特列普勒夫的演員也買了一本。他們今天晚上還有演出。」

我急忙衝出書店猛敲劇場大門，敲到玻璃都出現裂痕了。幸好沒被人看到。只有海報裡一個年輕男人皺著眉頭好像在對我使眼色。

我到公園喝水，又在附近書報攤前站著翻看展示在外面的報紙打發時間，演出前一小時回到劇場對前臺女性說：「我有事找特列普勒夫。」她毫不通融地拒絕：「馬上就要演出了，現在不能跟演員見面。」我只好買了票，又坐在公園長凳上喝水等了一小時，然後大大方方從劇場入口走進觀眾席。

說來難為情，我之前從沒看過戲。大部分時間都忙於工作，沒有多餘心神。對我來說，馬戲團和舞臺劇之間彷彿西方國家和東方國家一樣，中間隔著厚厚的高牆。但我想這應該跟還沒入口就偏食一樣，是很大的偏見。既然馬戲團也需要結合速度感、悲哀和幽默來編排節目，那麼應該有更多可以跟舞臺劇學習的地方才對。假如知道舞臺劇這麼有意思，我就應該在自己還站在舞臺上時來看的。

這天的表演我特別喜歡出現海鷗屍體那一幕，看起來很美味。

戲落幕之後，我偷偷溜進舞臺後的休息室，這個天花板低矮的房間裡充滿香粉的味道，只見裝在牆上的一整排鏡子前散落著各式化妝品，演員都還沒回來。我看到要找的那本文藝雜誌就放在化妝臺上，拿起來一看，確實是我寫的文章，可是我不記得自己給文章下過標題或者被要求下過標。海狗這傢伙，竟然擅自加上《眼淚的喝采》這種廉價的標題，而且還宣稱是「第一篇」。沒獲得作者的同意就開始連載，未免太粗暴了。

熱鬧的喧囂聲傳來，汗水和玫瑰的氣味混在一起湧入房間。演員們看到我後都嚇到腿軟。我拿著雜誌急忙開始辯解：「我是《眼淚的喝采》的作者！」聽了之後演員們臉上浮現的恐懼漸漸從嘴角往額頭轉變為感嘆，他們激動地眨眼，對我鞠躬說道：「天啊，竟然是您，快請坐請坐！」拉開椅子邀請我坐下。我正準備坐下時聽到椅子發出吱嘎聲，便打消了坐下的念頭。「請幫我簽名！」聽到聲音我抬起頭時，原來是特列普勒夫。他身上有肥皂、汗水和精子的味道。

那天晚上我搭飛機回莫斯科，躺在家裡那張有著熟悉味道的床上。我終於成了作家。因為一直睡不著，我起來煮了牛奶加蜂蜜喝。我從小就被教導晚上得睡覺、早上要早起，必須努力練習。但是變成小孩之前我好像有更多時間看月亮、感受陽光，細緻捕捉每天逐漸有些微變化的黑暗和光明，自然地入睡、起床。所謂變成小孩，就意味著失去了自然。我真的很想知道自己變成小孩之前的事。

我在臥室裡獨自盯著天花板，天花板上的汙漬看起來很像蝦子，然後也浮現了特列普勒夫那張跟蝦子並不相似的細長臉龐。他演戲、戀愛，然後總有一天也將死去。

在那之前我也會死。在那之前，海狗也會死。大家都死去之後，沒完成的事、沒說出的話，可能會輕飄飄地浮在空中交雜在一起，最後變成霧靄飄落地面。還沒死的人看到了會怎麼想呢？會不會只是輕聲嘀咕：「今天霧好濃啊。」自此再也不去回憶那些已經死去的人？

睜開眼睛時已經快接近中午，我急忙出門去找海狗。「給我最新一期的雜誌。」「沒了，賣完了。」「上面有我寫的自傳吧。」「喔，可能吧。」「為什麼不給我一本？」「用寄的可能會被主管機關沒收，我打算直接給妳。不過妳也知道我這麼忙，一不留神保留的冊數都發完了。反正妳應該記得自己寫了什麼，犯不著再看一次吧。」海狗一臉無所謂。他說得沒錯，我已經知道上面寫了什麼，確實沒必要看。

「對了，第二篇的截稿期是下個月初，別遲交喔。」海狗清了清喉嚨後說。「你為什麼擅自決定要連載？」「這麼有意思的故事，一次就結束太可惜了吧。」他好話一說，我怒氣順時消散。可是那個標題我實在無法接受。「但是你明明知道我的體質不會流淚，為什麼偏偏取那種標題呢？」海狗一臉為難，開始努力找歪理。但這次他好像連點歪理的粉末都找不到，無法用這粉末來揉出謊言的麵團烤出麵包，顯得相當頭痛。

我進入攻擊模式：「不要憑感覺下標題，要仔細思考意義。眼淚這種東西只是人類的感傷啊。你也知道我是冰雪之女吧？我可不想隨隨便便就被融化成眼淚這種廉價的水。」海狗似乎終於找到了歪理，他動了動鬍鬚咧嘴一笑：「你聽到眼淚就馬上以為是自己的眼淚對吧？這叫自我意識過剩。眼淚是讀者流的，作家只需要安靜遵守截稿日期就行了。」聽他這麼一說我頓時手足無措。雖說我手腳很發達，體格也相當健壯，但這種時候好像變成了手腳都退化的海象。「要是沒有其他意見就快回去吧？我很忙的。」我平時總是習慣先動手，但這時卻只剩下舌頭能動。我伸出舌頭，想起甘甜的味道。「對了，上次你給我的那個西邊的巧克力很好吃呢，還有嗎？你是不是有西邊的朋友？」聽了之後海狗連忙從抽屜裡拿出一塊丟給我。

回到家後不知不覺又坐到了書桌前。雖然我很氣海狗，但腳踝彷彿被身為作家的快樂這個陷阱牢牢夾住，動彈不得。海狗那種人可能在中世紀就已掌握住製作陷阱的完美技術，抓到熊之後會給牠戴上鮮花編成的花環，讓牠沿街跳舞。民眾開心地拍手喝采，丟來賞錢。騎士或工匠或許會輕視這種街頭藝人吧。迎合、獻媚、隸屬、依賴。不過舞者心裡確實也存在渴望跟觀眾共同進入忘我狀態的願望。希望能夠與看不見的靈魂相互交流。他們並不是在討好民眾。

我還是小孩的時候，公演期間每天都會站上舞臺。我無法觀賞其他節目。記憶中隱約還有聽到獅子叫聲的印象。除了伊凡之外，有很多人不斷圍繞在我身邊，有的幫我拿冰撒在地上，有的幫我整理餐具。他們大概是怕吵醒我，看我在睡覺就會壓低聲音，躡著腳尖悄悄從我身邊走過。但是我睡眠很淺，哪怕是老鼠跑過房間角落也會吵醒我。伊凡似乎完全沒發現到自己身上散發出濃烈的味道。

我的感官裡最可靠的就是嗅覺，現在也一樣。耳朵聽到的聲音多半是類似留聲機或收音機那種機械裝置發出來的虛假聲音。眼睛看到的東西通常也是假的。海鷗的標本、穿著熊偶裝的人。這些都只是表相。但是我從來沒被味道欺騙過。抽菸的男人走過、有蔥味的女人走過、穿著新皮鞋的男人走過、生理期的女人走過。人們好像不知道，擦了香水之後反而會讓汗味、狐臭味和蒜味等氣味更加明顯。

我的視野是一整片雪原，除了白色以外沒有顏色。我餓著肚子，胃很痛。我聞到雪鼠的味道。老鼠在雪下的淺層挖通隧道前進。我把鼻子貼在雪上，輕輕靠近，味道越來越濃烈。即使看不到，我也可以清楚地知道老鼠在哪裡。就在眼前那片雪的正下方。就是現在！我一驚，發現自己眼前面對的不是白雪，而是白紙。

我想起第一次的記者會。相機的閃光燈像雷電一般闖入視網膜，跟我一起並肩站在舞臺上的伊凡穿著肩膀和胸部都太寬大的西裝，整個人十分僵硬。這天跟平時演出不同，觀眾席上只有寥寥十個人左右。「這是記者會。」伊凡在我耳邊說著這幾個我不太熟悉的字。

我們一字排開坐在舞臺上。閃光燈熱鬧灑落。伊凡的上司坐在他另一邊。這男人髮油的味道以及他膽怯卻又帶著殘酷的手部動作實在讓我很不耐煩。每當他靠近我都會幾乎忍不住想露出自己的尖牙利齒。他似乎也發現到這一點，從來沒靠近過我。

「馬戲團是最優異的勞工娛樂，因為……」伊凡的上司正準備要開始一場鄭重演講，卻馬上被記者提問打斷：「您被動物咬過嗎？」他說不出話來。「聽說你會說熊的語言，是真的嗎？」、「被熊奪走靈魂會早死這是迷信嗎？」五花八門的問題像紙花一樣灑在伊凡身上，不管什麼問題他都回答得不得要領：「那個……嗯……我覺得……沒有啦……不好意思……也就是說……也不是……」儘管如此，到了隔週，記者會內容不僅登上國內大報，還大篇幅出現在鄰國波蘭和東德的報紙上。

我從沒想過成為作家竟然讓人生出現了這麼大的改變。準確地說，並不是我成為作家，而是我寫的文字讓我成為了作家。結果衍生了結果，一步步將我拉向連自己都不知道的地方去。假如這就是成為作家，那這或許比踩大球表演來得危險多了。踩大球的練習之苦真叫人刻骨銘心，實際上我也真的骨折過，但最後還是學會了這項技能。所以對於在滾動物體上保持平衡我很有把握。可是作家生活這顆大球，究竟會滾到什麼方向去呢？假如筆直前進就會跌落舞臺，看來只能一邊自轉一邊公轉，持續畫著圓。

寫作就像出門打獵一樣累人。就算聞到獵物的氣味，也不保證一定能捕到。通常都是肚子餓了才會出門找獵物，但肚子太餓就無法好好發揮，最理想的狀況是出門狩獵前先去餐廳吃上一頓全餐，假如辦不到，至少在打獵前要是能完全靜止不動就好了。聽說以前一到冬天大家幾乎都不活動、整天昏昏欲睡。如果能不問世事，一直窩在家裡直到春天來臨不知道該有多好。真正的冬天是黑暗無聲，什麼事都不用做。可是都市裡因為冬天縮短，好像連壽命也跟著縮短了。

作家出道和記者會的事我記得很清楚，但是那之後的事卻想不太起來。只記得自己一直不斷工作，在十年沒有冬天到來的灼熱中不斷工作。難受和痛苦都成了成功的養分，沒有留在我記憶中。

我的拿手戲目和詞彙不斷增加，但是再也沒有體會過終於理解什麼是「才藝」時的驚奇。在那之後，我只是接二連三學會新把戲。感覺就像是工廠工人，就算偶爾會被調往新部門負責更複雜的工作，終究還是被迫進行著單調乏味的工作，很難產生身為匠師的自豪。或許就連馬戲團工作也一樣會陷入這種生產線化的情況吧。我在「勞動者的驕傲」那場研討會上也提過這一點。

寫到這裡，我拿著稿子去給海狗看，他告訴我：「最好不要寫類似政治批判的東西，也不要寫哲學性內容。讀者想知道的是妳帶著狂野精神在什麼樣的心情下學會那些才藝的。他們想知道的不是妳的想法，而是妳的經歷。」我聽了很生氣，回家途中到國營市場買了一瓶油菜花蜜，用手舀起一口氣舔光了。

在那之後我很小心，再也不寫有政治性的內容。

觀眾可能會以為我原本就有騎三輪車的天分，在努力練習後越來越熟練，熟練到無人能比，因此可以展示這種才藝。但是實際上我並沒有選擇的餘地。只要騎上三輪車，周圍人們的喜悅便會像方糖一樣傳遞過來。丟開三輪車我就沒有食物，打在身體上的只有鞭子和大家的憤怒。伊凡也一樣，他也沒有選擇的餘地。那些雖然不是馬戲團成員，但每次演出前都會來一起練習、負責舞臺音樂的鋼琴師也一樣沒得選擇。他們沒有彈或不彈的餘地，我們都是被逼到絕境，只能在當下發揮最大限度或者最小限度的努力。伊凡沒有對我拳腳相待，我也沒有勉強自己耗費體力去表演多餘動作或無用的舞蹈。我沒有選擇，因為我能做的事實在太少。不做這些就只有死路一條，如此而已。假如我體力上無法繼續負荷，或者伊凡失去幹勁，又或者是觀眾不再感興趣，只要少了其中任何一項，這項才藝就會消失得無影無蹤。

因為海狗的關係刊登在雜誌上的文章被懂俄文的外國人注意到。一位住在西柏林、名叫艾斯柏格的俄羅斯文學研究家立刻將文章翻成德文，發表在文學雜誌上。這件事被報紙報導後，還收到讀者來信說希望看到後續，所以第二篇發表後不久翻譯也緊接著發表，就像是演奏卡農一樣，翻譯版不斷緊追在後。被翻譯追趕的我就像被貓追逐的老鼠一樣，只能不眠不休地往前進。

艾斯柏格先生並不是擅自翻譯我的作品投稿給雜誌。海狗似乎未經我同意就自行出售版權，把賺來的外幣納為己有。公寓管理員婆婆告訴我一定是這樣沒錯，於是我去質問海狗，但是他堅決否認。畢竟他有一身那樣的皮膚，說謊也不會臉紅。他甚至嘲諷地說：「有時間管翻譯的事，還不如趕快寫下一篇吧。」說完他就別過頭去。

我滿肚子怒火很想找地方發洩。雖然自己也覺得有點卑鄙，但我用公共電話匿名打電話給海狗他們雜誌社所在的大樓管理員，檢舉他偷藏外幣。那個管理員早就知道海狗不只偷偷藏了外幣，還有很多西方朋友，甚至很有可能他事先就被海狗收買了。不過這類匿名電話也可能是主管機關設下的陷阱，他也不敢完全忽視。要是忽視不管自己也很有可能遭到逮補。因此管理員先將消息通報海狗，然後再向主管機關報告這件事。當然，這只是我的推測，也有可能都是錯誤的想像。總之，主管機關介入調查後，別提他偷藏的外幣了，就連一片來自西方的巧克力都沒找到。

後來我聽說，這一年有一位住在奧德薩的女人從一位希臘遊客手中購買了一輛全白豐田車。附近鄰居都很好奇她哪來這麼一大筆外幣。有人看過海狗進出那個女人的豪宅，我覺得海狗可能是用賣掉我文章版權賺的錢，給他的祕密情人買了車。

對我來說更不幸的是，艾斯柏格先生是極具天分的翻譯家。他讓我稚拙的文字改頭換面，創造出深具藝術性的文學作品，因此西德的報紙上陸續刊登盛讚我作品的評論。可是聽讀過那些評論的人說，文藝評論家讚美的並不是我作品的文學價值。

當時西方國家正如火如荼地發起運動，主張馬戲團使用動物是種人權侵害、馬戲團不得使用動物。大家認為社會主義國家中動物受迫害的狀況特別嚴重。我國還有阿可娃女士在西方國家批判之下寫了《愛的調教》這本書。阿可娃女士的父親是知名動物行動學學者，他在訪談中提到，自己曾經在西伯利亞體驗過如何完全不用鞭子和暴力來教導虎和狼各種才藝，之後這些敘述也集結成書。西德記者中有人對這本書極不以為然。「怎麼可能不使用暴力就教會猛獸才藝！這本書試圖讓馬戲團合理化，馬戲團是種賺取外幣的假藝術。」這些憤怒的西方記者紛紛舉出我寫的文章作為虐待的證據。

主管機關似乎發現我的作品在西方國家引發了話題。某一天，海狗來了一封限時信通知我「中止連載」。我雖然很氣海狗，但是對於自己的未來倒沒有特別擔心。就算文章不刊登在海狗他們雜誌上，只要持續寫下去，總有一天一定會找到更適合的發表機會。我心想，今後再也不用被海狗一邊嘲諷一邊催稿了，我打算專心窩在家裡寫稿，不去在意其他人。

我的生活就像火熄滅後的暖爐一樣安靜。過去光是到附近買個罐頭就會有讀者上前搭話，但是現在突然沒有任何人接近我。不僅如此，來到人潮眾多的市場，環繞周圍，沒人敢跟我有視線接觸。大家都刻意別過臉。某一天我收到當時服務的事務所來信，正覺得高興，打開一看原來是叫我「暫時不用再來」。從古巴邀請音樂家的企畫決定交給其他人負責。我也不再受邀參加會議。

明明文藝雜誌不只有海狗他們這一間，但我也沒收到其他雜誌社的邀稿。彷彿大家都約好了忽視我一樣。一想到這裡，一邊寫稿的我就怒火攻心，忍不住用手裡的原子筆用力刺向木桌。因為太過用力，原子筆有一半筆身刺進桌子裡，應聲折半。

我一直以為折斷筆或被折斷是堂堂兩隻腳作家的獨角戲，看來並不是。我就像折斷嬰兒手臂一樣，輕輕鬆鬆就折斷了筆。

某一天我接到國際交流促進會的通知，問我「有沒有意願參加在西伯利亞種柑橘的計畫？」信上提到，「如果有名人參加，對宣傳活動會有極佳的效果。」聽到這些話就彷彿玫瑰花瓣在我耳朵裡輕輕搔動一樣，開心得一口答應。

接到通知那天，我出門要丟垃圾，公寓的管理員婆婆正好站在門前。她急忙開口：「妳好啊。」就像在找藉口解釋為什麼站在這裡一樣，「我過不久要去西伯利亞。」不小心就說溜了嘴，洩漏剛收到的邀請函內容，聽了之後婆婆皺起眉，用同情的視線看著我。我急忙補上一句：「這是個種柑橘的計畫」，但是她非但沒有表現出放心，甚至一臉泫然欲泣的表情說道：「我有事要出門，告辭了。」她緊抱著手提包，漸漸走遠。

我天真地以為，假如以色列的沙漠可以種出奇異果或番茄，那西伯利亞一定也能種出柑橘，心態相當樂觀。我喜歡冷天氣，我想那個地方應該很適合我。

從那天起，管理員婆婆好像開始避著我，我一開門，本來在走廊上的她就會迅速躲回自己房間關上門，還會從窗簾縫隙偷偷觀察外出的我。即使我有事找她去敲門，她也會裝作不在家。

久沒跟人說話，耳朵裡就會長黴。舌頭可以用來吃東西，但耳朵只能用來聽聲音。假如只聽見路面電車的機械吱嘎聲，鼓膜似乎會生鏽。我想好歹也買臺收音機來聽吧，便去了附近的電器行，但收音機都已經賣光了。品質不好的收音機聲音聽起來跟機械吱嘎也沒多大差別。我去買便箋時也跟文具店老闆講起西伯利亞種柑橘的事。這時對方立刻回我：「真可憐啊。但是應該有辦法能避免掉吧？」或許我應該擔心一下這件事。回到家，管理員婆婆一溜煙鑽出房間，偷偷將一張紙片塞到我手裡。上面寫著一個男人的名字跟住址。她說如果去找這個男人或許會有救，不過拖著拖著，眼看時間又過了一個星期。

隔週一開始，雙頰發燙急匆匆的郵差送來了一封掛號信。那是一張很奇妙的邀請函，上面用枯燥無趣的文體寫著「邀您參與在西柏林舉辦的國際作家會議，報酬為一萬美元」。我以為自己看錯了，又從頭看了一次。確實是一萬美元沒錯，地點在西柏林。為什麼要付這麼高的費用？而且上面還寫到費用不是直接付給我，而是先匯給我國的作家同盟。之後想想，這種支付條件可能是為了方便盡快取得簽證吧。實際上我很輕鬆就拿到簽證，在那之後不到兩個星期，我就從莫斯科飛到了位於東柏林的舍訥費爾德機場。

這趟旅程很短，所以我幾乎沒帶行李。飛機裡有種融化塑膠的味道，座位也很窄。降落在東柏林的舍訥費爾德機場後，我跟著前來迎接、面無表情的警官坐進一輛小廂型車前往車站，一個人搭上前往西柏林的小電車。途中在電車裡有護照檢查，我拿出帶在身上的資料。

這輛電車人少得出奇，窗玻璃太厚，扭曲了窗外的景色。這時有個東西撞到我額頭上。本來以為是蒼蠅，原來是一個句子。「這是逃亡。」有人替我安排了這趟逃亡之旅，可能是為了讓我逃離某種危險。

一位戴著眼鏡看來二十多歲的女人走近，不知問了我什麼。「我聽不懂。」她聽了改用拙劣的俄文問：「妳是俄羅斯人嗎？」我當然不是俄羅斯人，猶豫著不知道該怎麼回答，她說：「喔！妳是少數民族吧。我高中時寫過一篇關於少數民族人權的報告，拿到有生以來第一個滿分，到現在都還很難忘。少數民族萬歲！」說完後坐在我身邊。我腦子裡很亂。我們算是少數民族嗎？確實，跟俄羅斯人相比我們數量好像很少。不過那是指在都會區，假如在北方，我們的數量遠比俄羅斯人多。「少數民族的文化很精彩。」說著，那位戴眼鏡的女性自顧自地興奮了起來：「妳接下來要去哪裡？有朋友在西柏林嗎？」她還蠻纏人的。一想到她說不定是間諜，我就什麼也不敢回答。

列車車速漸漸變慢。剛剛還在窗外迅速奔馳的懸鈴木，現在就像拄著拐杖的人一樣慢慢行走。電車潛進一座巨大帷幕底下，發出軋聲停了下來。

車站就是一座大馬戲團帳篷。從魔術師絲質禮帽飛出來的鴿子們在頭上方咕咕叫。鐵製的驢子背著行李箱從我身邊經過。電子告示板上閃亮公告出下一個表演節目，身穿華麗服裝、露出整隻腿的年輕女人高傲得意地出場。主持人拿著麥克風向觀眾報告明星的名字。哨音一響，穿著洋裝的狗登上舞臺。櫃檯上高高堆起獎賞用的方糖。

我好奇地東張西望，突然有一束發出花蜜般香味的花束遞到我眼前，「歡迎！」眼前出現好幾隻手掌。有圓潤的手、骨節嶙峋的手、細瘦的手、手、手、手、手、手、手。我就像政治家一樣不斷給出自己的手，裝模作樣地一一跟大家握手。

花束很大，但我不記得表演了什麼特殊才藝？或許所謂逃亡本身就是一場沒有練習也沒有安全索，僅此一次的盛大表演吧。遞給我花束的是個將頭髮染成鮮紅色的女人。她堆起滿臉善意，動著嘴巴好像想說什麼，但又什麼也沒說。站在他身邊一個肥胖青年代替她打了招呼：「很抱歉，這裡只有我能說俄文，我叫沃爾夫岡。請多指教。」他身邊另一個滿頭是汗的男人右手高舉一面寫著「反對將作家送去西伯利亞種柑橘之會」的旗子，左手拎著一個大包包。其他還有幾個夥伴，包含白髮蒼蒼的男人，大家都穿著燙得筆直的牛仔褲和擦得晶晶亮亮的黑皮鞋。或許是他們的制服吧？

我完全聽不懂他們講話的內容。人群一個接一個離開，最後只剩下我跟沃爾夫岡。

「那我們走吧。」

左右兩邊的建築物比莫斯科稍微小一些。上面有很多像蛋糕一樣的裝飾。每輛汽車都擦得晶晶亮亮。車身幾乎像鏡面一樣，可以倒映出臉來。也不知為什麼，幾乎每個人都穿牛仔褲。風一吹，就能聞到燒焦哺乳類的味道、煤炭的味道，還有香水的味道。

來到公寓。外牆就像昨天剛塗的一樣，嶄新漂亮。打開冰箱等待著我的是一片美麗的風景。粉紅色的鮭魚切得像紙一樣薄。每幾片用保鮮膜分裝，塞了滿滿一冰箱，不知道為什麼要包裝成這個樣子。打開其中一片試吃，有種煙味。可能是漁夫抽太多菸了吧。吃著吃著，開始覺得這味道很不錯。沃爾夫岡在我背後滿意的說：「房間不錯吧。」但我對房間沒什麼興趣，如果可以，真想乾脆住進冰箱裡。沃爾夫岡看到我視線完全離不開鮭魚，沒好氣的笑著：「準備了很多吧？這樣妳暫時不用擔心食物了。」可是他一走，我就一口氣吃完了所有鮭魚。

清空冰箱上層後，我發現下面還有其他抽屜，裡面放了很多乾淨的冰骰子。我把幾顆丟進嘴裡，喀哩喀哩地咬著。

在廚房待膩了，我來到隔壁房間。這裡有電視，電視前放了椅子，一坐下來就聽見吱嘎一聲。其中一隻椅腳掉了。客廳後方是浴室，裡面有一間類似移動馬戲團拖車裡那種小淋浴間。我從頭淋下冰冷的水，把自己弄得濕噠噠後走出來，在走廊上積了一窪水。我用力搖晃身體甩掉水，就這樣躺在床上，這個瞬間我忍不住格格笑了起來。以前好像讀過跟剛剛的情景很像的故事。有三隻熊一大早煮了粥，吃粥之前他們外出散步，不在家的期間一個人類女孩迷路闖進了他們家裡，吃完他們煮的粥，弄壞了椅子，最後還鑽進他們的床上睡覺。三隻熊回家後一看，粥沒了、椅子壞了，床上還有個女孩在睡覺，他們非常驚訝。女孩睜開眼睛後急忙逃走，三隻熊無奈地目送女孩離開，現在我覺得自己就像那女孩一樣。說不定在我睡覺時，那些熊就會回家來呢。

熊雖然沒有回來，但是隔天沃爾夫岡來看我了。「都還習慣嗎？」「覺得自己像有熊出現的繪本裡那個女孩子。」「有熊出現的繪本？小熊維尼還是柏丁頓熊嗎？」這兩個名字我都沒聽過。「我說的是列夫・托爾斯泰寫的三隻熊那本書。」聽了之後換沃爾夫岡說：「這本書我沒聽過呢。」

我和沃爾夫岡之間有一片冰的窗簾。冰看起來雖然堅硬，但是應該很快就會被體溫融化了吧？我故意開玩笑想搭上沃爾夫岡的肩膀，但他馬上一溜煙地逃走，表情僵硬。「我帶了紙和鋼筆來，我們期待妳能繼續創作，最好能馬上開始、儘快完成。收入方面不用擔心。」我在沃爾夫岡的話裡嗅到了謊言的味道。謊言有很多味道。他這種謊言屬於那種不是自己真心話，只是單純重複跟自己意見不合上司的交辦。關於謊言沃爾夫岡還太年輕。光憑味道我就知道他還是個孩子。我故意開玩笑地撲倒他，他嘟著嘴說：「別鬧啦。」反過來想抓我。我小心翼翼不放太多力氣，把沃爾夫岡推開，就這樣開心的玩了一會兒後，沃爾夫岡他身上說謊的氣味就消失了。

我突然餓到胃痛昏倒，放著倒地的沃爾夫岡不管，連忙衝進廚房。打開冰箱時才想起紅色鮭魚已經一片都不剩。沃爾夫岡跟著我來到廚房，看到空空如也的冰箱半開玩笑地說：「看來鮭魚並不難吃呢。」或許是想藉此隱藏自己的驚訝吧。

雖然我沒拜託他，但隔天沃爾夫岡又來了，他眨著眼睛，結結巴巴地問我：「狀況如何？」我答道：「不太好。」我不擅長微笑，很容易給人生氣的印象。可能是因為這樣吧，沃爾夫岡怯生生地問：「不太好？怎麼了嗎？」「肚子餓到受不了。」「我覺得應該不是生病。」那當然。大概是因為過去我一直被灌輸所謂生病只是不想站上舞臺的人為了打發時間所演的一場戲，所以打出生以後我從來沒生過病。「昨天晚上是怎麼過的？」「我坐在書桌前，但一直沒辦法繼續寫出自傳的後續。」沃爾夫岡的眼睛發出冰冷的光芒：「不用急，沒有人會催妳的。」我又聞到了說謊的味道。我渾身顫慄，突然對眼前的沃爾夫岡感到害怕。「餓著肚子也寫不出好文章，我們去買東西吧。」「我沒錢。」「那就開個戶頭吧，讓妳隨時都能自己提款。會長也說這樣比較好。」

我跟沃爾夫岡一起外出，前往銀行的路上看到路邊有一座巨大的混凝土雕像。「那是馬戲團嗎？」「不是，那是動物園的大門。」「這柵欄裡面有動物？」「那裡面是一塊很大的基地，有很多不同柵欄。柵欄裡確實有很多種動物。」「比方說獅子跟豹或者馬？」「我想應該有一百多種吧？」我倒吸了一口氣。

接下來我們雖然沒做什麼壞事，我卻莫名覺得有點內疚。首先，我跟沃爾夫岡一起踏進一棟有奇怪商標的建築物，跟坐在櫃檯裡面的男人小聲交談了一陣子之後，寫了些資料，用指紋代替簽名，開設好所謂的銀行帳號。還要等一星期才會拿到提款卡。沃爾夫岡岔開雙腳站在機械前，用自己的卡教我該怎麼提領現金。接著他帶我到電車鐵橋下一間超級市場。後方有亮晃晃燈光的區域擺放燻鮭魚。「接下來幾天我有其他重要任務不能去找妳，一星期後我會跟妳一起去拿銀行卡。在那之前妳就吃這些吧。別吃太多了啊。」臨別之際他這麼說，買了鮭魚給我，但我當天晚上就吃光了。不過在那之後的幾天即使什麼都沒吃也並不覺得餓。

「這樣吃加拿大鮭魚是不行的啊。」一星期後來找我的沃爾夫岡打開冰箱這麼說。他聲音很平靜，不過聽起來卻像是努力在避免使用歧視字眼的一種責罵。這反而讓我聽來很難受。我就像表演失敗時一樣的難過。可是當我試圖要思考為什麼不能夠盡情大吃有「加拿大」這名字的鮭魚時，頭腦越來越混亂。「為什麼加拿大不行呢？」聽我這麼問，沃爾夫岡很為難地回答：「不是加拿大不行，是因為加拿大鮭魚價錢很貴，這樣存款很快就會花完。妳得節約用錢才行啊。」我聽不太懂他說的話，但「加拿大」

這幾個字的發音聽起來非常清澈美麗。「你去過加拿大嗎？」「沒有。」「那是個什麼樣的國家？」「是個非常寒冷的國家。」聽了之後，我幾乎立刻就想動身前往加拿大。

「寒冷」這個形容詞很美。假如要獲得寒冷，要我付出什麼代價我都願意。凍結般的美、悚然的快樂、散發寒意的真實、叫人冷汗直流的危險表演、讓人面色鐵青的天分、冰冷精緻的理性。寒冷的內涵無比豐富。

「加拿大是個很冷的國家嗎？」「是啊，冷到令人難以置信。」我開始出神地想像一個極其寒冷的國度。那裡的建築物都是用透明冰塊製成，馬路上行駛的不是汽車，而是泅泳的鮭魚。我每天從早到晚都敞開著窗戶，但柏林對我來說幾乎算是熱帶。明明已經二月，氣溫有時候還高於零度，實在熱得睡不著。我決定要逃亡到加拿大去。既然已經逃了一次，當然也有可能再逃第二次。

那一天沃爾夫岡跟我一起到銀行去拿銀行卡。有生以來，我第一次自己把一個堅硬的四角片插入機器的縫細間，按下四個數字一，觀察機器吐出鈔票的過程。然後我又按了好幾次數字二。「妳在做什麼！錢不是已經出來了嗎！」沃爾夫岡罵了我，但我只是想，如果按別的按鈕，會不會出來的不是錢，而是其他更有意思的東西。

來到超市，這裡味道實在太多，我一時想不起鮭魚放在哪裡。明明只需要放鮭魚就好，為什麼要賣這麼多無謂的東西？我一個一個問沃爾夫岡：「這是什麼？是吃的嗎？」這才知道原來這個世界上還有很多我過去從沒見過的東西。蒸過的葉子、挖出來的根莖、從樹上掉下來的蘋果。我知道有些生物很愛吃這些東西。不過抹在臉上的油、塗在指甲上的顏色、挖鼻孔專用的棒子、到頭來都要丟掉還得特地裝起來的袋子、擦屁股的紙、用來放食物吃完後就得丟掉的圓型紙張、上面有熊貓圖案給小孩子練習寫字的筆記本等等。這些東西不只概念很奇怪，而且每一個都帶有令人討厭的味道，摸了後讓我手很癢。

漸漸的，我開始不耐煩。「我想回家繼續寫自傳。」沃爾夫岡聽了露出安心的表情。可是當我一個人坐在桌前，又發現桌子太低沒辦法好好寫。我把紙放在鼻孔前，就像要接住鼻血一樣，感覺這樣似乎可以喚回記憶。沃爾夫岡待在房間裡我沒辦法寫字，便請他回去。可是一旦沒有說話的對象又讓我感覺太寂寞、寫不下去。

在那之後有好幾天都沒看到沃爾夫岡。所謂銀行帳號或許只是情人的代用品吧？錢會匯到銀行的帳號裡。我提錢去買東西，然後吃掉買回來的東西。來到銀行推開門、按下按鈕，接著就會看到名為鈔票的情人。但鈔票本身不能吃，得拿到超市去交換鮭魚。無論吃多少我都不覺得飽。我自己知道大腦的某個地方已經退化了。我晚上睡不好，白天又很睏，起不了床。覺得自己手腳虛弱無力，心情也漸漸沮喪。我漸漸退化了。好想在寒冷的天氣中鍛鍊自己的技藝，站在舞臺上享受眾人的喝采。

來到外面，發出爆音的摩托車從我面前疾馳而過。有生以來第一次見到小摩托車時，我很害怕引擎聲，不敢靠近。我學會了騎三輪車，但始終學不會如何在自行車上保持平衡，因此我有一臺不需要保持平衡的特製摩托車。因為我害怕引擎聲，伊凡在我住的籠子旁日夜不停地發出引擎聲，想讓我習慣。沒錯，我以前住在籠子裡。一想起這件事我就同時回想起那種屈辱感，不想再寫自傳的後續。

丟下鉛筆，我再次來到城裡。路上很多人穿著宛如狐狸屍體的外套。馬路兩邊排列著許多巨大玻璃窗。不僅是店裡賣的東西，連在餐廳裡用餐人們盤子裡的東西，從外面也都看得一清二楚。看來走在路上的人還真怕無聊。那些人如果看了我曾經住在籠子裡的故事，說不定就不那麼無聊，會比較開心吧？

不久前我發現銀行斜對面有間書店，偶爾可以看見在那裡工作的一位身穿白毛衣的男人。那天，我鼓起勇氣走到店門前。店裡看起來似乎沒有其他人，於是我走了進去。白毛衣男人不知什麼時候站在店門口。「要找什麼書嗎？」他問我。既然出口已經被對方堵住，即使覺得難為情我也無路可退。「這裡有自傳嗎？」「誰的自傳？」「誰都可以。」男人指向自己斜後方的書架：「那一櫃裡全都是自傳。」不知不覺中，我開始能用德文進行這類簡單對話。

寫著「自傳」的書架總共有十層，都堆滿了厚厚的書，這讓我很失望。看來好像人人都能寫自傳。「這些都是德文吧？」「那當然。」「那我想學德文。」「不是已經會說了嗎？」「說是會說，但我看不懂。」「這樣的話請看這個書櫃，這邊有很多跟語言學習相關的書。是不是用英文說明的比較好？」「不、不要英文，有沒有俄文？或者是北極文？」「俄文的有喔。」

語言學習教科書比加拿大的燻鮭魚來得便宜多了，但不太容易消化。語言學習教科書就好比機器說明書，在「文法篇」會先依序說明動詞、名詞、形容詞等零組件，可是就算全部讀完，最後還是無法成功組裝起機器。教科書後面還有「應用篇」，裡面寫了短短的故事。故事相當有趣。我把文法學習拋在腦後，貪婪地讀起了故事。

故事主角是隻女老鼠，工作是歌手。她以「Volk（人民）」為對象唱歌。從教科書附錄的字彙表可以知道，Volk 就是 Narod（民眾）的意思。我以前一直以為 Narod 是指馬戲團觀眾。離開舞臺、開始參加會議後我才知道似乎不是這樣，但如果要問我究竟是什麼意思，我也答不上來。雖然不懂，也不會因此有什麼困擾。

總之，所有的民眾都非常認真地傾聽女老鼠唱歌。沒有人會故意模仿或者在她表演中笑鬧。看到這裡我心裡一驚。我的觀眾也是一樣。明明人人都能用兩隻腳走路、都會騎三輪車，可是觀眾卻都默默地看著我表演，甚至為我鼓掌。到底是為什麼呢？

下一次我去書店時，白毛衣男人一邊咳嗽一邊走出來，問我：「教科書派上用場了嗎？」「文法我看不懂，但故事非常有趣，跟一隻叫約瑟芬的老鼠歌手有關的故事。」男人聽了笑著說：「既然能讀得懂故事，那不學文法也無所謂啊。」接著他拿出另一本書：「這是同一個作者的作品。他從動物的觀點寫了很多短篇小說。」一接觸到我的視線他連忙說：「當然，並不是因為他站在少數族群的觀點所以這些作品才有價值，這本來就是很優異的文學作品。與其說他把動物當成主角，其實真正的主角應該是當動物不再是動物、人類不再是人類的過程中，那些消失的記憶本身。」他囉哩囉唆地補充了這些艱澀的說明。我低下頭，不想被發現自己沒跟上他的思路，接過書後我問他：「你叫什麼名字？」男人驚訝地回答：「不好意思，我叫腓特烈。」但他並沒有問我的名字。

我的指甲太長，沒辦法順利地一頁頁翻書，可是一剪指甲又會流很多血，也沒辦法剪。沒辦法，我只好隨便翻開某一頁。這時出現在我眼前的是一個帶有狗字的短篇篇名。老實說，我不是很喜歡狗那種老是愛從後面接近別人腳踝、卑鄙又膽小的動物。但腓特烈告訴我那篇短篇的標題叫《某隻狗的探索》這讓我大大減輕對狗的偏見。原來狗也有想要探索的心啊。「這本雖然有趣，但另一本《交給某學院的報告》更有意思。」說著，腓特烈露出像老師一樣滿足的表情看著我。

我買了那本書回家，馬上開始讀《交給某學院的報告》。我承認這確實是很有意思的故事，但所謂的有意思包含了許多層面。讀著讀著我忍不住開始生氣，但是又深陷其中無法放下書本。這本書就是這麼有意思。或許我很難理解猴子這種生長在炎熱國家的生物吧。書寫自己如何變成人類這種概念實在「太猴子」了，我並不喜歡。光是想像猴子那種模仿人類、諂媚人類的生物，我就覺得彷彿跳蚤跟蝨子一起在我背後跳扭扭舞一樣，渾身發癢。他或許把這當成一種成功故事在描寫，但是用兩隻腳站立這件事，根本不象徵任何進步。

想到這裡？我突然回想起自己也是在小時候學會用兩隻腳走路，忽然覺得很悲傷。不只學過，我還把那件事寫下來發表了。讀過《眼淚的喝采》的人或許會誤解那是一本類似講猴子演化的書。要是早一點看到這篇猴子的故事，我就會換一種寫法了。

隔天，沃爾夫岡久違地來找我，我跟他說了猴子的事。「要是有時間讀書，還不如把時間拿來寫文章。」他皺著眉頭說：「對作家來說，讀書就是浪費時間。當妳閱讀其他人寫的書時，這段時間就不能寫自己的書了。」「但讀書也可以學習德文啊。假如我能夠用德文書寫，就不需要翻譯了，你也能省不少時間吧。」「不，妳必須要用母語來寫作，必須能自然地寫出真心話才行。」「什麼是母語？」「就是母親用的語言。」「可是我沒跟我母親說過話。」「就算沒說過話，母親就是母親。」「我覺得她應該不會說俄文。」「妳的母親不是伊凡嗎？難道妳忘了？女性才是母親的時代早就已經結束了。」

我腦子很亂。因為沃爾夫岡說這些話時並沒有散發出說謊的氣味。他一定說出了真心話。可是這反而讓我越來越無法相信他。可能是上司要求他一定要讓我用母語寫作吧。說不定他們在翻譯的過程中為了達到自己的目的擅自改了我的文章。蜜蜂可以讓花蜜變為蜂蜜。花蜜固然甜，但蜂蜜那濃烈甜膩的味道，是蜜蜂讓花蜜跟自己身體分泌出的某種液體混合發酵而成的。忘記是什麼時候了，我曾經在一場「養蜂業的未來」會議資料裡看過這些內容。一想到沃爾夫岡他們可能打算把自己的體液混在我的自傳中製作成其他東西，就覺得很噁心。要是能用德文寫，也自己冠上標題來發表，或許就可以減少自傳被曲解的危險。

「我不想打擾妳寫作，先走了。」說著，沃爾夫岡離開了公寓。我從窗戶目送他的背影。一直看到公車來了、他的背影被吸進公車中我才離家去了書店。店裡罕見的已經有一位來客。那個人的頭髮黑得出奇，讓我有些好奇。腓特烈一看到我便揚起睫毛睜大了眼睛，咧著嘴對我笑。「最近還好嗎？天氣很冷呢。」這麼熱的天他竟然覺得冷，真讓我難過。我不喜歡跟人聊起天氣。總覺得一說到天氣，跟周圍的人絕對沒有辦法互相理解。「《交給某學院的報告》雖然有趣，但是我實在無法認同猴子的想法。為什麼要模仿人類呢？」「但猴子會這麼做，也是因為他們自己想啊。」「聽你這麼說書裡確實寫過好幾次『我別無他法。』因為他沒有其他退路。」「我覺得作者想要說的應該是，我們人類也並不是靠著自己的意志才變成現在這個樣子，而是為了生存，持續進行沒有選擇餘地的變化，最後的結果成了今天這個樣子。」這時，之前一直駝著背站在書店角落看書的黑髮男人抬起頭來，推了推眼鏡：「也就是最近流行的達爾文主義吧。女人之所以愛化妝說謊、愛吃醋，男人之所以好戰，是因為得繁衍子孫，所以必須肯定這種行為。不過我實在不覺得現代智人繁衍子孫這件事有多重要？對吧，腓特烈。」腓特烈興奮的拔尖了嗓子：「哥！」他大叫著跟那個黑髮男人相擁。我不想打擾他們，正打算悄悄離開店裡，但腓特烈留住了我，介紹了我的身分：「這位就是《眼淚的喝采》的作者。」這時我才知道自己的身分早就已經暴露了。

我漸漸不知道自己是為了買書而去書店，還是為了跟這個書店男人講話而去買書。我可能喜歡人類的男人吧。他們看起來柔弱、身體嬌小，牙齒脆弱又可愛，而且手指頭又那麼纖細，指甲幾乎等於沒有。看起來就像個布偶一樣，叫人忍不住想緊緊抱住。

一天，腓特烈一個加入「人權問題思考會」的朋友安妮瑪麗在書店裡等我。她對我說：「我想寫一篇跟社會主義世界藝術家、運動選手人權相關的報導，請讓我採訪妳。」我回答她自己從來沒思考過人權的事。她顯得難以置信。

實際上我從沒想過自己會跟人權扯上關係。因為我覺得所謂的人權，根本是只想著人類的人類創造出的詞彙。蒲公英沒有人權、蚯蚓沒有人權、雨水沒有人權、兔子也沒有人權。但是說到鯨魚好像就突然有了類似人權的東西？以前我在準備會議的時候好像讀過一篇「捕鯨跟資本主義」的相關資料。看來人權是只有體格大的東西才能擁有的權利。所以可能是因為這樣，大家才希望我也擁有人權吧。畢竟在生活於陸地上的食肉生物中，我們是體格最大的一種。

安妮瑪麗回去後我呆呆站在擺放自傳的書架之間。腓特烈一臉嚴肅地盯著我。我受不了他的視線，問道：「有什麼新書嗎？」他拿出一本叫《阿塔・特羅爾》（*Atta Troll*）的書。「你可以讀讀這一本，講的是熊的故事。」封面上寫的作者名是海因里希・海涅（Heinrich Heine）。一翻開，剛好是一頁插圖，上面畫著一隻躺在地上的黑熊，我很喜歡這張圖，一拿到就愛不釋手。我把書帶到收銀臺前。腓特烈摸摸我的手問：「妳的手好冰，覺得冷嗎？」我苦笑了一下。

隔天我來到書店抱怨。「你怎麼賣給我一本對消化這麼不好的書！」腓特烈盯著我的眼睛：「這是有原因的。作者有可能是故意這麼寫的。為了避免被敵人攻擊。」「敵人？比方說野狼嗎？」「比方說審查」「什麼是審查？」「審查就是當權者說你寫了讓他們不高興的東西，不能出版。蘇聯沒有嗎？」我試著回想，但腦筋裡太過混亂，想不出答案。「只是因為這個理由，就故意把簡單的東西寫得很困難嗎？」「有時候就算寫得簡單，看在別人眼裡也有可能很複雜不是嗎？不過……」說到這裡他翻開某一頁。「你看看這裡，不覺得很慶幸買了這本書嗎？」

上面寫著，「人權」這種不自然的東西，不可能是「自然」賦予人類的。「假如所有人都有人權，那所有動物都有動物權，這麼一來該怎麼看待我昨天吃的那塊牛排？我沒有勇氣思考到這一步。我哥哥因為這樣成了素食主義者。」說著，腓特烈直盯著我的臉，我連忙回答他，我是不會成為素食主義者的。但我知道我有很多遠親不吃肉，他們主要吃蔬菜、水果，偶爾會吃螃蟹跟魚。很久之前有人問過我為什麼要殺害其他動物，我不知道該怎麼回答。那是在一場關於資本主義與肉食的論壇上。

我對於暴力的自己感到相當羞恥。在我還很小的時候，老師要我們圍成一個圈一起跳舞，我進不了那個圈子。一開始老師還會拉著我的手、帶我進到圈子裡，但是漸漸地，我只會站在角落看大家跳舞。因為只有我一個人的行動跟別人不一樣。有一次一個好奇的孩子問老師為什麼？老師回答：「因為她很任性。」我反射性地出了手。被我推倒的老師一屁股坐在地上，我對這樣的自己感到很害怕，從三樓的窗子跳出去逃走了。在那之後，大家對我的評語就是「那孩子是個問題兒童，不適合集體生活，不過運動神經很不錯。」於是我隻身一人被送去特殊學校。運動能力在社會主義國家可以說是一種資本。本來聽說我會被送到一所精英學校，一到了才發現，我被關在一處黑暗的籠子裡。當時那種沉重潮濕的感覺又回來了。伊凡就是在這時出現的。對了，幼稚園的記憶好像是在見到伊凡之前的記憶。

寫到這裡門外傳來敲門聲，就好像一直有人等在門外一樣。打開門，沃爾夫岡跟一個陌生男人並肩站在門外。好像是「反對將作家送去西伯利亞種柑橘之會」的新領袖。他應該是從沃爾夫岡口中聽說我已經能用德文對話了吧？他臉上堆起假笑，試探性的用德文問我：「您近來可好？」男人的名字叫葉格。這名字聽起來既卑鄙又狡猾，還帶有敏捷感。白髮包圍的那張臉看起來相當有氣質，就像個將官一樣。以前馬戲團觀眾席的第一排偶爾會坐著長相跟他非常相似的男人。

自傳寫得如何？聽到他這麼問我瞬間起了一股反抗心，深怕將官奪走我寫的東西，於是決心假裝自己什麼也沒寫。「遲遲沒有進展，畢竟還有語言的問題。」「語言的問題？」「德文實在太難了。」伊格用譴責的目光瞪著沃爾夫岡，按捺著怒氣說：「我應該轉告過您可以用自己的語言寫。我們這裡也有很優秀的翻譯家。」說著，他對我微微一笑。「我自己的語言嗎？我已經忘記自己的語言是什麼了。我想應該是一種北極語吧。」「您開什麼玩笑？俄文可是世界第一的文學語言呢。」「也不知道為什麼，我就是無法用俄文寫。」「這怎麼可能呢？請您用自己的語言自由自在地寫吧。創作期間不需要擔心生活費的問題。」他在我眼前堆起滿臉笑容，但是腋下卻傳來了濃烈的說謊氣味。我漸漸知道，微笑可以說是放在人類臉上的表情中最不值得相信的一種。人類會運用微笑這種道具來傾銷自己的寬容，讓對方安心。我想向沃爾夫岡求助，但他背向我、眼睛看著窗外。「等到自傳出版，就能靠版稅生活了，這一定會成為暢銷書的。」

可能是因為這次訪問的關係，我的筆再次萎縮了。「萎縮」這種說法聽起來太雄性，或許不太適合我。如果是雌性的說法，那產生出來的東西越小越好。因為這麼一來存活下來的機率才會更大。而且最好誕生在一切彷彿死絕的嚴冬當中。連誕生也不讓人知道。母熊在洞穴裡生下小熊之後，會在黑暗中舔舐自己的孩子、哺育乳汁，在小熊長到一定大小之前都不讓別人看見，只靠嗅覺和觸覺來養育小熊。養到一定大小之後才會帶著小熊離開冬眠的洞穴。有時會遇上飢餓的熊爸爸偶然經過，不知道那是自己的孩子，把小熊吃下肚。這是古代希臘人留下的知名故事。熊爸爸真該好好向企鵝爸爸學習，因為企鵝會公母輪流孵蛋，不管肚子多餓，公企鵝都會在風雪中持續好幾週守護自己的卵，等待母企鵝回來。

「企鵝夫婦大致都很相像，不過北極熊夫婦卻有各種不同樣貌。」

我刻意用俄文寫了這樣一篇文章放在桌上，以備葉格又來偵察。果然，幾天後葉格又跟沃爾夫岡一起過來，盯著我放在桌上的文章看。沃爾夫岡說道：「這一定會成為名作。」葉格拉著我的手鼓勵我：「請繼續寫下去。寫得越快越好。反正寫完之後還可以盡情推敲。光在腦子裡想而不寫是最糟糕的。」「逃亡之前想寫的東西就像冒出來的蛆一樣多，可是一來到這裡，好像跟過去的自己失去了連結，記憶忽然中斷，再也寫不下去了。」「可能是還不習慣這裡的環境吧。」「天氣熱得我受不了。」「什麼？現在可是嚴冬呢。妳手不是很冰嗎？」「我這種體質手腳冰冷也沒什麼大礙。因為維持手腳末梢的體溫太浪費能量了，只要心臟還是熱的就行了。」「不是感冒了嗎？」「我沒有感冒過。應該只是累了。」「累的時候可以看看電視。」留下這句話後，葉格跟沃爾夫岡頹著肩一起離開了。

他們兩人回去後我打開電視。有個臉像貓熊一樣的女人正站在地圖前面，自顧自尖聲說著些什麼。好像在說明天氣溫會下降三度左右。只不過差三度而已，為什麼要這麼大驚小怪？真是搞不懂。我看著無聊，又換了其他頻道，畫面上出現兩隻真正的貓熊。兩個政治家正站在籠子旁邊握手。貓熊干涉政治，是身為熊正確的態度嗎？而正氣凜然思考著這些事的我，不也被作為批判母國侵犯人權的證據，關在一個看不見的籠子裡被迫勞動嗎？

真是沒意思，我關掉電視，這時畫面上出現一個肥胖的女人。仔細一看，原來是我。我很驚訝。我怎麼會胖成這個樣子？因為鼻面突出，光看臉並不覺得胖，可是身體很胖。再加上斜肩、窄額。跟剛剛畫面上的貓熊不一樣，我的臉沒那麼圓，一點也不可愛。就在我沮喪地沉浸在這些想法中時，忽然想起小時候也有過相同的心情。眼睛裡就像燃起了線香花火一樣。對了！沒錯、沒錯。當時也有人安慰我，那是什麼時候的事呢？

只有我又白又醜，身邊的女孩個個身材纖瘦，有著短鼻子、寬額頭，顏色也是漂亮的褐色，大家都充滿自信地擺起架子走著。「真羨慕大家都那麼漂亮。我也好想跟她們一樣。」聽到我這樣撒嬌，那個人告訴我：「她們是棕熊啊。不可能每個人都是棕熊。妳只要做妳自己就好。」他還對我說：「而且正因為妳脾氣比別人大，表演起來也更好看。」究竟是誰告訴我這些的？拿著掃帚站在幼稚園庭院裡的那個人。他叫什麼名字？他總是待在那裡，是在那裡工作的人之一。在公開場合很少有人叫他的名字，他是幾百萬在外沒沒無名、只有回家後才會聽到家人叫自己名字的勞工之一。謝謝你，謝謝你教我認識我自己。

我相撲很厲害，可以輕輕鬆鬆把別人丟出去。不過有一天被我丟出去的人為了掩飾自己的不甘說了句什麼。我已經想不起他說了什麼，但是一聽到他那句話我才發現，大家脖子上都綁著漂亮的領巾，只有我沒有。這就表示只有我並不是大家的一分子。我沒有家。我必須得表演才藝。但是相對的，也只有我能享受自由。我獲得了接受鼓掌喝彩、享受令人陶醉幸福的特權。

沃爾夫岡一個人來找我，我很想讓他看看現在寫的部分。其實不應該給他看的，但我就是忍不住。接過才剛剛寫完熱呼呼的原稿，沃爾夫岡緊張得連外套都沒脫，直接站著看完了稿子，讀完之後他顯得精疲力盡，在椅子上坐下。「太好了，妳的創作慾望終於又回來了。我身負重任必須鼓勵妳，現在每天都不知道該怎麼辦才好，煩惱到只能啃著自己的指甲。」「所以只要照這個風格寫就行了嗎？」「沒錯，總之妳只要寫就行了，像領巾的部分我就覺得很有趣。有領巾的人應該都是加入先鋒運動的人吧？我以前也很羡慕班上同學都能加入童子軍、繫上領巾，只有我不能加入，很羡慕能戴領巾的人。」「你為什麼沒有加入？」「因為我母親不允許，她說那是一種意識形態。」

「什麼樣的意識形態？」「為了祖國挺身戰鬥，她說不能允許國家灌輸少年這種想法。」「你母親不喜歡這種事？」「對，她不喜歡。那妳母親是怎麼想的？」「今天天氣很好，我想出去玩。」「想去哪裡？」「我想去那個叫百貨公司的地方。」

百貨公司是個比超市再冷清一點的地方，不管商品或人都少了一些。在這裡靜靜地販賣烤鮭魚的機器、有印花圖案的床單、大面鏡子、還有跟海豹皮很像的皮包，但是卻沒有多少人買。有個賣場會放出大音量的音樂，還裝飾著古老的留聲機和身上有黑色斑點的白狗玩偶。如果只有這樣也就罷了，每張唱片上都畫著那隻狗。「那是大麥町。」沃爾夫岡說：「不同種類的狗外觀完全不一樣，不過狗就是狗，不覺得這一點很不可思議嗎？」沃爾夫岡好像發現了什麼了不起的事情一樣，得意地看著我。我本來想告訴他這些事在《某隻狗的探索》中也寫過，但我還是沒說。因為我不希望被沃爾夫岡發現我偷偷讀書，可能會捱罵。

百貨公司這個地方就算什麼也不買。光是走進去自然而然視線就會被吸引，然後連體力也會被吸光。明明沒找到想買的東西，卻還是覺得很累，有種很吃虧的感覺。我看到隔壁有遊樂園，帶著一種想復仇的心態，鬧著無論如何都想進去走走，硬是拉著百般不情願的沃爾夫岡一起進去。

在長凳上坐下時，沃爾夫岡問：「看了電視嗎？」我回答：「看到貓熊，覺得很無聊。」「為什麼？」「貓熊只是因為妝容有趣，明明沒什麼才藝也沒寫自傳，莫名其妙就變的那麼有名。」沃爾夫岡罕見地放聲大笑了起來。

一個骨瘦如柴的女人帶著男人走過我們面前。沃爾夫岡買來一個放在超小杯子裡的冰淇淋，我一口就吃完了，然後忍不住說出真心話。「我想逃亡去加拿大。」「妳剛剛說什麼？」「我想逃亡去加拿大。」沃爾夫岡舔到一半的冰淇淋掉到地上。「去那麼冷的地方做什麼？」「對你來說舒適的氣溫不見得對別人也一樣舒適。」他眼中浮現淚水，那張臉看起來好像小狗。狗的身邊一旦沒有夥伴，他們就會發瘋似地大叫，開始尋找夥伴。這並不是因為他們心地善良，而是因為如果脫離群體就很難存活，所以他們奮力想聚在一起求生。相較起來我喜歡獨自生存。這不是出於自我意識，單純是因為這樣比較容易獲得食物，是更為合理的生存方式。

我跟沃爾夫岡沒什麼交談，就這樣分開回到家裡，我試圖回想小時候看過的留聲機。這時腦中出現的是剛剛在百貨公司看過的留聲機，而且旁邊還乖乖坐著那隻狗。

看來我的記憶已經被百貨公司裡那個品牌給覆蓋了。

所謂寫自傳，或許就是要靠推測來創作自己無法回想起的事吧。我自以為已經在自傳裡詳細交代了關於伊凡的事。但老實說，我完全想不起伊凡的長相。與其說想不起來，其實應該說，正因為實在太過清晰，一聽就知道不是真的。

那一天在會議上我確實想起了什麼。那些記憶累積在我手的動作當中。不過當我想描繪伊凡的長相，腦中裡就會出現繪本《傻子伊凡》（*Ivan the Fool*）的插畫，而不是我的伊凡。

我對書寫產生了懷疑。寫不出東西的時候，我會忍不住拿起別人寫的書。明知道讀書是不好的事。但我心想，如果是已經讀過的書，或許罪過就會減輕一點。我又讀了一次《某隻狗的探索》。這隻狗並沒有捏造他的幼年和少年時代。現在想想，他只是直接把自己的疑問跟不滿寫下來。或許我也可以直接把自己的想法寫下來，我沒有義務要寫出一本真正的、接近我的故事。《某隻狗的探索》的作者可以自由自在變成猴子、潛入老鼠的世界中，他寫的並不是自傳。實際上，這個作家可能正以人類的姿態每天早上出門上班、晚上寫稿。我曾經去布拉格參加過一天的會議。在那之前我從沒聽過卡夫卡這個名字。春天降臨了布拉格。但是在距離這個春天很久很久之前出生的作者，早在蘇聯成立更久更久之前，就已經看穿周圍的人並不自由。

炎熱的日子持續。因為實在太熱，我完全無法冷靜思考。假如可以逃亡到冰雪之國，我一定可以冷靜下來，心情也會平靜許多。我想逃亡去加拿大。但是所謂的逃亡就是指由東往西走。該怎麼從西邊繼續往西邊逃亡呢？在這樣的日子裡。突然有個轉機自己出現在我眼前。

出門散步時，眼前突然看到一張海報，上面是一片冰雪覆蓋的風景。我第一次走進所謂電影院這種地方。那是一部加拿大電影，介紹住在北極的人的生活。雪兎、銀狐、北極狼、藍鯨、海豹、海獺、虎鯨，還有北極熊。我事不關己地看著這些附有解說的影像，但是想必我的祖先一定也過著這種狩獵生活。

從電影院回家的路上，我在車站後的小巷撞見幾個年輕人在牆上塗鴉。因為覺得有趣，我在一旁靜靜看著。五個人當中個子最矮的年輕人發現站在一旁的我，忿忿開口：「走開！」我很不喜歡像這樣被人排擠，硬是站著不動，結果其他四個人也接連轉頭看著我。其中有一個人問我：「從哪裡來的？」我答道：「莫斯科。」於是所有人同時湧上來打我。莫斯科這個地名大概跟他們的「揍他」這個單字發音很像吧？雖然覺得麻煩，我還是給了這些撲上來的光頭纖瘦青年好幾掌。有的被我推倒、一屁股跌坐在地，露出驚訝的表情，有的被我丟出去之後還是緊咬牙關，再次撲上前來，還有的看到夥伴無力抵抗的樣子，抽出小刀往我衝過來。我把身體往旁邊一閃，那人便整個人往前撲去。我輕輕朝他背後一推，他整個人往前拋，撞到車子倒地。真可憐，嘴唇都破了還流了血，不過他並沒有放棄，反而惱羞成怒再次朝我這裡衝過來。我一個閃身躲過他，輕輕推了他背後一下。他鬆開手上的刀子倒地，然後連忙爬起身來逃走。這時其他人早就不見蹤影。

人類明明這麼瘦小，動作又很遲鈍，遇到緊要關頭還會不斷眨眼、看不清對手。無關緊要的時候老是急匆匆，但面對重要的戰鬥時動作又這麼遲緩。要是不擅長打鬥大可像兔子和鹿一樣學會聰明地逃走，但也不知道為什麼，他們這麼喜歡爭鬥。像人類這麼愚蠢的動物到底是誰、出於什麼原因創作出來的？有人說人類是仿效神的形象創造出來的，我覺得這種說法對上帝太失禮了。聽說有些北方民族到現在都還記得，比起人類，神的形象其實更像熊。

回頭一看，地上掉了一件皮夾克。皮夾克看起來是挺好的貨色，我想送給沃爾夫岡，便撿起來帶回家。

隔天沃爾夫岡來了。我問他：「我撿到一件皮夾克，但是我穿起來太小了，給你吧。」沃爾夫岡原本不置可否地看著那件皮夾克，但後來臉上漸漸沒了血色：「這皮夾克是哪來的？上面怎麼會有倒鉤十字？」聽他這麼一說，衣服上確實繡著一種十字架。我該不會揍了一群紅十字會或者什麼了不起機構的人吧？想到這裡忽然有點驚慌，我連忙找藉口解釋：「可是是他們先攻擊的，我只是正當防衛而已。」沃爾夫岡看起來很生氣，我深怕他誤會，繼續解釋：「那些年輕人可能有受點輕傷，但應該沒什麼大礙，如果有需要我可以去道歉。但是他們一聽到莫斯科幾個字就衝上來攻擊我，應該是誤會了什麼吧？難道『莫斯科』在年輕人之間是什麼暗號嗎？」

沃爾夫岡嘆了一口氣，坐在椅子上。「妳應該也聽說過右翼團體攻擊外國人的事吧？不過納粹他們最常攻擊的不是黑人也不是土耳其人，是從俄羅斯回來的德國人。這些人的祖先雖然是德國人，但是卻在俄羅斯文化中長大。右翼最害怕的就是有人跟自己相似、但卻又不相同。」「可是我跟他們相似嗎？」「完全不相似。雖然不相似，但一聽到莫斯科幾個字就會燃起他們許多複雜的情感。」

沃爾夫岡馬上打電話聯絡團體的領袖，把這件事通報警察。這件事隔天還上了新聞，報上寫著逃亡作家遭納粹攻擊。我身上毫髮無傷，報紙也不能杜撰說我「身受重傷」，但我確實遭到了攻擊，沃爾夫岡他們寫了一封信給加拿大大使館申請逃難，信上還加上了「待在德國很可能受到納粹威脅」這個理由。實際上可能是因為我一天到晚只顧著吃燻鮭魚，根本沒有好好寫稿，他一定不想再繼續照顧我了吧。「接下來就只等大使館的回覆了。」沃爾夫岡的話裡好像帶著刺。

我想去加拿大的心意雖然沒有改變，但是幾天之後，心裡開始出現一種前所未有的不安。起初微小的不安，後來慢慢變大，我開始心想：「現在好不容易能用德文書寫，接下來還得再學英文？」這股不安逐漸逼近，「這麼多種語言在我腦子裡，我一定會很混亂的。」然後不安越來越嚴重，我甚至開始覺得「過去的事多多少少都已經寫在自傳裡，可以很放心，但是未來會發生什麼我卻完全不知道。」這種不安越發龐大，最後我得出一個結論，「今後不管發生什麼事我都再也無法用語言來記載了。」這讓我輾轉無法成眠。我會消失。所謂死亡，就意味著一切都消失。我明明不害怕死亡，但可能是因為開始寫自傳的關係吧，我開始害怕那些還沒有寫下的東西會就此消失不見。

我的祖先們一定不知道什麼叫失眠。吃太飽和失眠，再怎麼想都是一種退化。我在書桌後藏了伏特加，準備在失眠的時候喝。在莫斯科時很難取得的綠標伏特加，來到西柏林在車站的小商店輕鬆就能買到。我直接拿起瓶子對嘴喝，結果瓶子吸在鼻子上拿不下來，想用力拔下又很痛。該怎麼辦？我成了隻獨角鯨。看到有隻北極熊走近，我連忙跳進水裡。那隻北極熊一臉不甘。仔細一看，是我的叔叔。為什麼叔叔想吃掉我呢？叔叔。我叫了他。他露出牙齒，發出低吟。對了，我們的語言並不相通。這也難怪，但是現在我已經不會說叔叔的語言了。這也沒辦法。我心想，只要繼續待在水裡，擅長游泳的我應該就不會有危險，覺得很安心。這時，身邊又多了一隻鼻子上帶著伏特加瓶的獨角鯨，輕聲對我說：「現在可不是喝醉的時候，小心點，虎鯨要來了。」「怎麼可能！虎鯨怎麼可能來這種地方。」另外一隻從身後出現的獨角鯨回嘴：「最近開始出現了。聽說他們住的地方有糧食危機？」「好，那快逃吧。」我們三隻一會兒浮出冰水表面，一會兒潛進水裡，一起往北方逃。跟伙伴一起並肩游泳真的很愉快。這裡的流冰都很小，撞到頭也不痛。其中只有一個是大冰山，只看見冰山一角就掉以輕心的我，撞斷了角。角應聲從額頭折斷。有一瞬間我覺得反正角是無用之物，斷了也無所謂。但是頭上沒有角之後，我竟然開始在海裡不斷轉著圈、沉入海中。啊，好難受，無法呼吸了。身邊好幾隻海豹寶寶拼命擺動著手，看來他們也溺水了。我很想吃他們，可是現在我自己也溺水了，不是吃他們的時候。

做了一場惡夢驚醒。前往加拿大這件事讓我很不安。坐在桌前呆呆看著窗外，我看到一個騎自行車的少年。那是一輛讓人聯想到臘腸狗、形狀很奇怪的自行車。少年將手往後一拉，提起前輪，就這樣畫了一個圈，然後他放下前輪。接著一個扭身，背向前方坐在椅墊上騎行。他在練習車技。無論失敗或跌倒或者磨破膝蓋，他都沒有放棄練習。漸漸地，他學會了反身騎車，接著開始挑戰在把手上倒立。我腦中出現了自由自在這幾個字，沒錯。我就是希望能自由自在驅動自己的命運才寫自傳的。語言就是我的自行車。我要寫的不是過去，而是未來。我將會擁有如同自傳所寫的人生。

降落在多倫多的機場，冰冷的風溫暖地迎接我。我大可寫下有人前來迎接我的場景，但是這麼一來跟我降臨西柏林時就沒什麼兩樣了。有沒有其他更巧妙的傳記寫法？逃亡到加拿大的人都寫了什麼樣的傳記呢？這種時候能幫上忙的就是書店了。不負我的期待，腓特烈告訴我：「逃亡文學在這個書架。」他帶我走到哲學書旁的書架。我猶豫著不知該挑哪一本，最後他替我選了三本，我全都買回家了。

最先翻開的書上寫著，「加拿大非常重視移民，我還在市公所舉辦的歡迎會上跟市長握手，收到了花束。」我抄下了這段文章。接下來是描寫學習英文和上語言學校的場景，讀著讀著，我開始覺得很憂鬱。好不容易學會了德文，我實在不想再學新的語言。最讓我討厭的是書裡有一張語言學校的照片。照片上學生坐的椅子都又小又單薄。好不容易來到新的國家，我竟然要這樣委屈自己的屁股只為了用文法填滿腦子？而且上面還寫到「語言學校的暖氣很足，非常溫暖。」我看了不禁打了一個寒顫。我不想繼續看這本書，翻開下一本。這是描述從新大陸南方搭船偷偷抵達加拿大的故事，上面寫著：「深夜來到沒有人煙的港邊。被海水沾濕的衣服很冷，我脫了下來，用放在旁邊的網子纏住身體。那是捕魚用的網子，上面有濃濃的海草味。」我很喜歡冰冷的衣服跟海草味，馬上原封不動抄下這一段。可是等到天亮，故事的主角一樣去了市公所跟語言學校。我闔上這本書，打開第三本中間的段落。這時我看到了「邂逅」、「憐愛」，還有「接吻」這些單字，馬上就被吸引，繼續往下讀。

那是我上職業訓練所時發生的事。起初我全副精力都放在理解英文上，除此之外什麼也沒法想。漸漸地，我發現同一個班上只有我的顏色是白色的，開始感到自卑。其實我也沒有被人欺負。但是每當看到鏡子裡的自己，總覺得這張臉慘白又不健康，陰陰沉沉的連我自己都很受不了。下課後我想去晒晒太陽，來到附近的湖邊躺著。我的體質好像總是晒不黑。同一個班上有個叫克立思丁的友善青年。有一天他問我：「妳怎麼了？看起來沒什麼精神。」我邀他星期天一起去湖裡游泳，他二話不說答應了。

我在湖畔赤裸著身體，躺在地面沐浴在夕陽下。仔細看看，其實他的膚色跟我很接近。我告訴他我的煩惱，他跟我說了「醜小鴨」這個童話故事。他跟童話故事的作者一樣來自奧登斯這個地方，為此感到很自豪。我聽了心情突然好了起來，兩人四目相對，我忍不住把手放在他頭上。這時他用鼻尖推了推我的胸。我們就這樣打打鬧鬧，不久天就黑了。天黑之後我們還是繼續躺在湖畔。

我跟克立思丁結了婚。他說不想在教會辦婚禮，因為宗教是一種毒品。所以我們沒辦婚禮，只在家裡宴請親友。我很快就懷了孕，生下一對雙胞胎兒女，男孩在取名之前就死了，女孩命名為托斯卡。

抄著抄著我興致越來越高。沒錯，就把這當成是我自己的故事吧。寫到一半還覺得自己是在抄寫其他人寫的東西，但不知不覺中，我就像是把自然流進腦中的「神啟」化為文字。這是一項很累人的工作。

我們從職業訓練所畢業，丈夫成為鐘錶工匠、我當上護理師。最後丈夫加入工會，回家時間越來越晚，假日也很少在家，我得一個人照顧托斯卡。托斯卡是個個性開朗的孩子，外出時她喜歡歌唱跳舞，如果有人聚集為她拍手，她就會跳個不停不肯回家，讓我很頭痛。有一天丈夫說：「我們逃亡去蘇聯吧」。我心裡浮現一股強烈的不安。我費盡千辛萬苦才逃到這個國家。假如被發現有逃亡的念頭，處境應該會很危險。聽到這些丈夫也沉默了下來。我心想逃亡的事他應該不會再提，鬆了一口氣。其實我很喜歡加拿大，就像喜歡每天吃的鬆餅一樣。但逃亡的計畫還沒結束。過了一陣子後丈夫說，那我們去東德吧。「如果是東德，妳父母親的前科應該不會被發現。我們以加拿大人的身分過去，一起協助建設理想國家吧。我也喜歡加拿大，但老實說，西方國家是沒有未來的。我跟妳說過我母親在丹麥參加極左派活動、丟了工作，所以帶著我逃亡到加拿大來的事吧。母親到加拿大後不久就過世了，妳知道為什麼嗎？因為她有了新的情人，被那個情人殺死了。這個國家沒有未來。在這個國家當勞工，我們甚至無法送托斯卡上大學。但去了東德，不管是滑冰或芭蕾，都可以讓托斯卡免費接受最好的教育。」聽了之後我也下定決心要前往東德。

寫到這裡我鬆了一口氣倒在床上。我把耳朵埋進枕頭裡，蜷著背，懷抱著還沒出生的托斯卡在胸前。平靜地進入了夢鄉。我的女兒托斯卡成為芭蕾舞者站在舞臺上，跳著柴可夫斯基的《天鵝湖》還有自己編的《白熊之湖》，後來生下了可愛的兒子。那是我的第一個孫子，就把這孩子取名為努特吧。

眼前是一望無際的冰原。我踏出腳步，沒想到那些都是薄如座墊的小冰片，腳一放上馬上就下沉。冰冷到快結凍的水浸到我的肩膀高，我稍微游了一會兒。我很擅長游泳，身體冰冷的感覺也很舒服，但我並不是魚，沒辦法一直游下去。我伸手想爬上陸地。不過那些我以為是陸地的冰，都是浮在水面上的冰片，支撐不了我的體重，馬上就下沉。下一塊冰一樣太小。失敗幾次之後，終於找到一片比較大的冰，我爬上去坐下來，但那片冰的大小跟書桌差不多，漸漸被我的體溫融化，又沉了下來。我到底還剩下多少時間呢？

死亡之吻

拉直背脊、挺胸、收下巴站好。我一點也不害怕眼前聳立的冰牆。這不是一場戰爭。冰牆其實是由溫暖的冰雪毛皮所形成的。抬起頭，眼前看到的是黑珍珠般的眼珠和又黑又濕的鼻尖。我迅速將一塊方糖放在舌頭上，噘起嘴唇。北極熊慢慢彎腰、歪頭，維持住平衡避免身體往前倒，在我上方彎著身體。激烈的氣息中帶有雪的香味。我不需要大大開口，對方靈巧的舌頭也能輕鬆捲走方糖。究竟嘴與嘴之間有沒有相接呢？

觀眾屏息靜氣，甚至忘記拍手，就這樣僵住不動好一陣子。觀眾的視線一直盯在托斯卡身上。他們一定沒有想到，真正的危險其實在另外的地方。身高三公尺的托斯卡如果伸出她的大手給我一掌，我的人生可能瞬間就會結束，但危險的不是托斯卡，而是站在她背後已經開始騷動的九頭北極熊。也不知道是哪一隻先開始不耐發火，然後這一簇火又引來其他熊的火，漸漸包覆舞臺，這樣下去最後可能會引發致死的重傷。我全身化為觸角，仔細監視著。身上每個毛孔都成為眼睛，在背後張開無數顆眼，後腦勺的頭髮每一根都是天線，仔細監視著熊群內部的權力消長。我自認為沒有片刻鬆懈，只有跟托斯卡接吻的那一瞬間注意力被嘴唇吸走，沒能完全監視著大家的情況。緊握鞭子的左手抽搐了一下。

觀眾或許會以為，我靠鞭子象徵的力量君臨於猛獸群上，實際上鞭子就跟指揮者手中的指揮棒一樣。交響樂團的樂手可不是害怕被這細細的指揮棒敲頭。

我是這當中體型最小、最沒有力氣，動作也最遲鈍的一個。假如說我有任何優點，那就是我能最迅速察覺到大家心裡微妙的動搖。別說九頭了，就算只有兩頭熊的權力關係出現變化、開始爭執，就無法靠我的力量來阻止了。所以只要我發現在他們當中有小小的敵意產生，而且開始往某一個方向凝聚時，我就會出聲打響鞭子，將他們的注意力轉移到其他方向。

九頭北極熊在舞臺上架起的太鼓橋上並排站立，這九顆頭就像神話中的九頭蛇一樣，他們像鐘擺一樣晃著長長的脖子，從喉嚨深處擠出低沉的吼聲，等待方糖來到自己面前。

會不會有人注意到這個身穿短裙長靴，將一頭金色捲髮用髮帶束起，身高一百五十八公分的我其實已經超過四十歲了呢？負責馬戲團導演的潘科夫可能知道站在舞臺上的我看起來就像個少女，才會想出這樣的節目吧。「小女孩自由自在驅動十頭巨熊，這場面不僅震撼到令人發怵，而且又很性感不是嗎？北極熊比棕熊身體更大，再加上又是白色，看起來更大。大家並排在一起時看起來就像一堵冰山。」上司潘科夫抽菸抽到嘶啞的嗓音直到現在還迴盪在我腦中。「怎麼樣，要不要試試看？就算不行也挑戰看看啊。如果失敗我也不會馬上炒妳魷魚，不如讓妳去打掃馬廄吧，哈哈哈。」他明明知道我是因為打掃馬廄才獲得出頭的機會，所以故意這麼說。說不定他是打算藉由激怒我，來刺激我使出全力吧。

我過去從來沒有跟北極熊一起工作過，五〇年代中期我曾經被迫負責猛獸表演，當時曾經有一頭北極熊被編入猛獸行列中，但我只記得不是太順利。我喜歡所有的動物，可是我很討厭猛獸表演。讓老虎獅子和豹併排在一起因而感到洋洋得意的人，就像是讓少數民族穿著華麗衣服遊行的聯合國家一樣。不承認他們的自治權，卻又透過遊行的服裝來強調國家的多樣性。肉食動物在自然中會彼此保持適當的距離，並不會毫無意義地互相殘殺。而違反這個道理故意讓他們共聚在狹窄的地方，只為了營造出宛如一頁動物圖鑑的場景而對此覺得自豪的人類，真的是一種愚蠢到無以復加的動物。而我卻得代表這種人類站在舞臺上，這實在讓我覺得萬分羞恥。

現在回頭看看，覺得只有老虎、豹和獅子太過冷清，硬要加入北極熊的上司還有他上面的官員們總是非常焦慮，深怕自己在弱肉強食的社會當中會被吞噬。換句話說，他們自己本身也是一種猛獸群。一九五三年史達林死後，整個社會一直處於一種不知道誰會被誰吃掉的狀況當中。那個時期我們已經很清楚，馬戲團不可能以民營形式持續下去。大家都帶著一種危機感，說不定明天一陣暴風雨來襲，就會掀翻馬戲團的帳篷。

最後艾洛斯、布希、奧林匹亞這三個馬戲團合併為東德國營馬戲團。既然是國營，就不方便推廣猛獸這種殘暴的場景，但是觀眾想看危險猛獸的慾望漸次升高，我希望呈現獅子和平共存景象的心願並沒有引來太多迴響。

當時我還不太確定北極熊是不是跟獅子一樣喜好和平的動物，再加上我心裡也隱約懷疑，覺得潘科夫可能是故意為了為難我才出了這道難題。無論如何我還是接下了任務，希望能好好表現。

那個時候我丈夫曼弗雷德已經是個出名的馴熊師。幾年前我看過他一場讓熊化為光的粒子流過舞臺的精彩表演，深受震撼，但是我愛上我丈夫時並不是他的全盛時期，而是在那之後又過了幾年偶然看到曼弗雷德的練習風景時。深受徒弟敬重的曼弗雷德總是把頭髮梳理的整整齊齊，儘管是練習，他還是會穿上英國製騎馬服、套上長靴，在外觀上維持著老手的沉著。可是一面對棕熊他立刻出現驚慌，恐懼赤裸裸地表現在臉上。棕熊對曼弗雷德漠不關心，也不遵守他的命令。當他們不聽話時，曼弗雷德便不耐地甩響鞭子，棕熊會不開心地吼叫。

即使跟人類待在同一個空間，一旦棕熊決定不理對方，就會表現得彷彿人類並不在場一樣。這是狹小的國家裡為了避免無謂紛爭產生的智慧。聽說在日本塞進通勤電車的上班族們，也都擁有同樣的特技。

不過儘管是這種個性，萬一受到挑釁棕熊還是會回應。曼弗雷德並不是在操縱棕熊的心，而是在挑釁他們。這是馴熊師萬不該有的失誤。難道只有我發現這件事？無法與熊心意相通的曼弗雷德，在那個時期開始對人類敞開心扉。他結束練習後我們在公園長凳上聊天，兩人一見如故，立刻拉近了距離，沒多久，我們就向市公所提交了結婚申請。對我來說這是第二次結婚。我告訴他我把已經上小學的女兒託給母親照顧，曼弗雷德什麼也沒說。我又告訴他前夫以前也表演過棕熊秀，他依然面色不改。

曼菲德打算下一季在阿拉斯加棕熊的舞臺上大展身手，可是新來的熊還沒習慣環境，就算給他們滿滿一桶的砂糖，熊還是連耳朵都不願意動一下，鬧著脾氣。潘科夫來看練習時，丈夫好幾次毫無意義的甩鞭，企圖掩飾。他開始不在意自己的打扮。被汗水沾濕的柔軟頭髮相當凌亂，練習時他沒穿鞋，身上是鬆垮的深藍色運動服。

距離登臺還有時間，練習沒進展也無所謂，但問題是即使熊開始不耐煩，直到他們氣到露出尖牙為止，丈夫都沒辦法察覺。看著丈夫練習的狀況，我好像看到一個不會外文的人假裝自己聽得懂、隨口應付，在一旁看得渾身冷汗直流。

也因此，當潘科夫告訴我們：「阿拉斯加熊的個性太難搞，我看暫時交給動物精神科醫生吧。」丈夫跟我都鬆了一口氣。「不過接下來會換上一隻北極熊。」潘科夫話中有話地這麼說。丈夫嚇了一跳，但是潘科夫決定讓我、而不是我丈夫出來應付熊，我這才終於放下心。

丈夫不像我生來就喜歡引人注意，也沒有想出人頭地的強烈意願。他內心一定覺得，如果可能，希望卸下馴獸師這個責任，但已經搭上的列車他也沒跳不下來。儘管如此，當他從慢車換成特急快車，被要求得跟在熊當中體型特別大、不容易讀懂臉部表情而且還特別猙獰的北極熊對決時，我猜他心裡應該出現了乾脆從車窗一躍而出的念頭吧。

當時丈夫偶爾會半夜做惡夢，像個被狗咬到的少年一樣，放聲大叫。我小時候曾經目睹過朋友被狗咬的情景，所以我知道那是什麼樣的叫聲。

潘科夫的腦中好像已經有了很具體的舞臺形象。我戴好髮帶、穿上短裙。看起來就像妖精一樣，一個人自由自在地指揮著北極熊。不過實際上丈夫也在旁邊監視著熊，避免發生危險。在觀眾眼中丈夫或許只是單純的助手，其實背後真正握有權力的是他。潘科夫相當小心地用字遣詞，生怕傷了丈夫的自尊心。不過丈夫非但沒受傷，反而越來越高興，他雀躍地問：「總共會有幾隻熊呢？」「九隻。」聽到九這個數字，丈夫驚訝地沉默了下來。

潘科夫之所以這麼急著需要新點子。是因為這九頭北極熊是蘇聯送來的禮物。我們馬戲團第一次收到這麼貴重的禮物。不過為什麼蘇聯會突然送東德禮物呢？大家雖然好奇，但每個人都只敢在腦子裡思考，沒人敢出聲詢問。說不定蘇聯憑第六感知道我們再過不久就會提出離婚，然後回到前夫西德身邊？也或許他們是想跟不斷對外送出可愛貓熊、擴展友好關係的鄰國相對抗。無論如何，這份禮物很快就送來了我們馬戲團。

收到蛋糕要吃，收到繪畫要掛在牆上，這是收禮方的禮貌。這九頭北極熊不是作為觀賞用，是來賣藝的。信上寫道，他們都是以優異的成績畢業於列寧格勒學院的舞者，務必要讓他們登臺表演，主管機關對潘科夫施壓，無論如何在下次克里姆林宮有訪客到來之前，必須要把這些禮物訓練成舞臺上的明星，準備精彩的表演。克里姆林宮的來客跟地震和雷電一樣，無法預測什麼時候會來，總之得盡快把表演準備好才行。

聽到北極熊，我腦中想起的並不是費盡苦心要加入猛獸群中的那隻熊，而是之前曾經在兒童劇場舞臺上看過的一隻女演員熊。記得她的名字叫托斯卡。當時我因為工作關係拿到了招待的門票，只是帶著打發時間的心情進了劇場。我對托斯卡一無所知，但是一進劇場坐下，就聽到隔壁座位的夫妻說起關於托斯卡的謠傳。

托斯卡以優異的成績畢業於芭蕾學校，可是一直拿不到好的角色，她一直期待的《天鵝湖》甄選也落選了，現在只能演兒童劇。她父母親從加拿大逃亡到東德，母親還出版了自傳，很受敬重，不過那本自傳被視為夢幻名作，聽說現在已經買不到了。

看到那雪白的龐然大軀柔軟又穩重地現身舞臺，坐在第一排的我幾乎要忘記呼吸。我以為自己早已看遍各種動物，但是我竟然不知道地球上有這麼輕盈柔軟，但是又讓人感受到肉體重量和溫暖的生命存在。

托斯卡在兒童劇中並沒有臺詞，可是我的眼睛卻無法離開她無言微微開闔的嘴角。托斯卡好像在說什麼，我卻聽不見她的聲音，這份焦急讓我越來越窒息難受。以那個時代來說，那場表演的舞臺照明十分講究，紅、黃、綠，顏色不斷變換，光簾在空中不斷翻動。可能在模仿極光吧。每當光出現變化，托斯卡的毛也會跟著變成象牙色、大理石色、樹冰的顏色。

表演過程中我有四次對上了托斯卡的視線。

出乎意料地，來自蘇聯的九頭北極熊在抵達後一星期很快就組織了「白熊工會」，提出多條工作條件跟潘科夫談判，潘科夫沒有理會，他們便開始罷工。

這些白熊不僅會說流利的德文，還熟知勞動法的相關用語，知道很多連我都不知道的單字。本來以為白熊工會要求的工作條件會不會是基於熊獨特的需求而有的特殊內容，其實不然，例如加班津貼、生理假、可以食用新鮮肉類和海草的餐廳、有冰水的淋浴室、完備的冷氣設備、開放借書到晚上十點的圖書館等，完全可以套用到人類身上，可是我們人類卻沒有勇氣向潘科夫要求這些。非但如此，我們連自己跟馬戲團之間簽訂的契約到底有什麼內容都不記得，每天只能被練習追著跑。

潘科夫看到熊在他面前念出這些要求項目，滿臉通紅地痛罵：「淋浴室是什麼玩意兒？餐廳是什麼玩意兒？能在自己房間裡泡水吃飼料就夠了吧！誰允許你們罷工了。這裡是勞工的國家，根本沒有罷工這回事存在。懂了嗎！」

正如以前的人覺得奴隸沒有人權一樣，思想落伍的潘科夫也認為熊沒有人權，不過或許是他不斷隱藏的知識分子脆弱使然，他只答應了設置圖書館這一條。可是從大國來到小國的這群熊的字典裡就算有「踐踏」二字，也絕對沒有「妥協」這個詞彙。僅僅實現一個希望，他們可不打算就此罷休。

這樣的狀態持續了一個星期左右，一天，我敲了潘科夫的房門進去，給他一瓶黑市伏特加。如同預期，大受打擊的潘科夫看起來就像乾涸枯萎的植物一樣，他看著酒瓶虛弱地微笑。他沒拿玻璃杯，而取出兩個漱口杯般的大杯子倒滿了伏特加，我們乾了杯，我只是假裝喝，但是潘科夫仰頭乾掉一大杯後，好像稍微恢復了一點精神，於是我們說起托斯卡的事。潘科夫一聽到「北極熊」這幾個字好像立刻酒醒了，他又倒了一杯，一口氣喝乾。我等了一會兒後開口請求：「我想要邀請托斯卡練習兩個人的表演。」我告訴他：「雖然說現在罷工膠著的狀況就跟西伯利亞的凍結狀態一樣，但即使克里姆林宮有訪客來，只要托斯卡跟我能有精彩表演，或許就可以化解對方的猜疑。我想俄羅斯的政治家應該分不出舞臺上的熊來自蘇聯還是來自加拿大吧。」

畢竟北極熊本來就沒有國家認同。他們可能在格陵蘭懷孕，在加拿大生產，在蘇聯養兒育女，他們沒有國籍也沒有護照，根本也不需要逃亡，不知不覺中就跨過了國境。

潘科夫就像在酒海中抓住稻草一樣，緊緊抓住我的這番話，當場叫來秘書打電話給兒童劇場，自己則癱軟地倒在沙發裡就這樣睡著了。這段期間中秘書俐落地繼續處理，偶爾會對我使個眼色。聽說托斯卡現在剛好沒有戲演，正覺得無聊，獲得導演的簽名首肯，她馬上決定來到我們馬戲團。

之後我聽說，托斯卡並不是沒戲可演，而是她對拿到的角色有意見，跟兒童劇場的人起了爭執。東德劇作家將海涅敘事詩《阿塔・特羅爾》硬是改寫為兒童劇，托斯卡原本要演的是其中黑色母熊穆瑪這個角色，托斯卡的說法是這樣的。

我不是討厭穆瑪這個角色。不管是把身體塗黑扮演黑熊，或者被馴熊師牽著在廣場跳著淫亂的康康舞，我都覺得很光榮。但是夫妻一起在街頭跳舞，卻只有丈夫阿塔・特羅爾獨自追求「自由」，咬斷馴熊師的鎖鏈逃走，這個情節我不喜歡。這麼一來彷彿不追求自由的穆瑪很卑劣一樣，我不喜歡。在街頭賣藝賺取金錢是那麼卑劣的事嗎？同樣是賺錢，漢薩同盟的大商人難道就不卑劣？裸露那麼多肌膚跳舞的列寧格勒國立芭蕾團首席舞者，就不卑劣了嗎？

另外還有一個讓她非常不喜歡的地方。穆瑪是單親媽媽這件事對熊來說很常見，這倒無所謂，可是生下孩子之後因為太過疼愛，竟然吃了么兒的耳朵，這是絕對不可能的，她要求改寫這個部分。另外最嚴重的問題，就是這齣戲結束在穆瑪站上資本主義國首都巴黎的動物園舞臺，大放異彩、遭到譴責，跟西伯利亞產的白熊相戀、遭到譴責。巴黎有哪裡不好？白熊有哪裡不好？

當時女演員對戲的內容發表意見，會被認為不識大體，所以被托斯卡這樣批評了一通後，戲劇顧問和導演都很傷自尊，他們憤怒地找上劇場總監哭訴，總監也對托斯卡很不滿，可是因為有保護勞工的法律，無法逼托斯卡離職，大家只能氣得直跺腳，剛好就在這時候，接到了馬戲團的邀約。

確定能來馬戲團時托斯卡高興得直拍手，可是到達當天，當她發現自己破壞了罷工，心情立刻變得很低落。她坐在裝有車輪的氣派籠子裡，經過那九頭白熊工會前時，聽到白熊紛紛痛罵她「破壞罷工的背叛者！」

儘管如此，一看到我托斯卡就像回想起當時在劇場中跟我四目相對一樣，表情一亮想站起來。籠子的天花板很低，她無法站起來，可是我一接近她，她就對我投以充滿愛的視線，不斷動著鼻子。

我就像即將開始養小狗的孩子一樣，興奮到睡不好，隔天早上五點就醒來，馬上推著托斯卡附車輪的籠子到練習場，我走到籠子前，坐在地板上。托斯卡好奇地接近，將前腳放在籠柵上想觸摸我。我站起來，久久不動。我很清楚，托斯卡的心十分安靜，所以我打開了籠子的門，她聞遍我全身的味道，還舔了我的手。接著好像在炫耀自己的身高一樣，輕輕鬆鬆用兩隻腳站起來給我看。她個子確實高，連棕熊都比不上，大概有我的一倍高吧。我把方糖放在手掌上遞出去，她又回到四隻腳的狀態，用舌頭舔了吃下。

「這麼輕鬆就能站起來，看來表演已經滲透到她基因裡了呢。」不知什麼時候躲在門後偷看的丈夫感慨地說。「你也這麼早起啊。」「聽說托斯卡的母親以前是馬戲團的當紅明星，母親學會的才藝好像也遺傳給孩子了。」「才藝怎麼可能遺傳呢。」我不高興地回嘴，但是丈夫似乎並不了解我為什麼不開心，繼續說道：「猿人要演化到像現在的我們一樣能夠直立行走，花了好幾萬年，不過我們出生後一年就能站起來走路了。這都是因為祖先練習的成果進入我們的基因裡。」

這天下午，送來了一座鐵製太鼓橋。托斯卡一看到這個奇妙的物件立刻走近，放上前腳一步一步小心爬上去，來到最高處時她停下腳步。接著，她的鼻子往左擺、往右擺，聞了聞自己周圍空間所有物體的氣味。光是這樣就已經是很了不起的表演。丈夫在稍遠處滿意地點頭。「這樣就已經是一場表演了呢。」「等其他九頭熊也加入練習，就可以讓所有熊爬上太鼓橋，表演站立。」潘科夫不知什麼時候開始站在丈夫身邊，鼻尖浮現出得意的表情。「我特地叫人打造出這座可以承受五千公斤重量的橋。對了，知道這東西的正式名稱嗎？這叫『通往明日之橋』。帥吧。是我自己取的名字。」

到了下午，丈夫不知從哪裡拿出以前海豹表演用的籃球。托斯卡一看，馬上走近來聞味道，用鼻子推著球往前滾。給她砂糖後又會再次重複同樣的動作。

假如這算是一種表演，那麼要教托斯卡表演實在太簡單了。與其說是教她表演，其實只要把托斯卡出於好奇心所做的行為串連起來，設法讓她重複這些動作，就能設計出一場有看頭的舞臺表演。

丈夫和潘科夫都很放心，兩人開心地說著：「喝啤酒慶祝吧！」但我覺得很不滿。光是滾大球實在配不上托斯卡身上那神聖的光環。登上通往明日之橋、望向遠方這種老套戲碼，誰都辦得到。就沒有更能讓觀眾眼睛一亮的表演嗎？我發現自己其實很有野心，不禁苦笑了起來。

當時我又開始出現第一次結婚後鬱病的症狀。當然，那個時候的東德還不知道什麼叫鬱病。我把這稱之為「陰天」。女兒出生後我一方面感受到自己確實是哺乳類，讓孩子吸吮乳房、替孩子換尿布，同時幫忙馬戲團處理行政庶務、第一次清洗丈夫的內衣、熨燙舞臺服裝。每天持續著這些事，陰天突然降臨了。我拋棄過去累積的動物調教師職涯，成為主婦。原本以為所謂的空虛是指沒有重量的空洞，其實正好相反，白天如果突然停下手邊的工作，就會有個東西不斷在胸口膨脹、變得很沉重。到了夜晚，那東西會壓在我胸口，讓我輾轉不能成眠。我想再次站上舞臺。我想沐浴在眩目的燈光和叫人忍不住摀住耳朵的熱烈掌聲當中。更重要的是，我希望每天都能跟動物相處。繼續這樣下去我會被世界遺忘。當時我之所以會把女兒交給母親，接下兇猛的猛獸訓練工作，就是出於這份焦急。跟曼弗雷德再婚後，我第一次出現跟當時一樣的心情。為了打破陰天，重新看見藍空一角，我想打造出一個讓世人眼睛一亮的精彩舞臺。

看到我撐著臉頰安靜不說話，丈夫擔心地問我怎麼了。「天陰了。」聽到我這麼回答，他說：「一直把安娜托給媽，這樣好嗎？」這句話讓我非常驚訝。「至少也去見見她吧。」「我沒那個時間。你也知道公車很不方便吧？再說，為了跟托斯卡一起創造出讓世人驚豔的舞臺，我現在沒時間想孩子的事。」

如果在德國統一後說這種話，或許人家會說我是「烏鴉的母親」，但是當時有很多母親都把孩子託給國營保育園照顧，只有周末會見到孩子。有些職種甚至好幾個月都看不到自己的孩子。很少有人會提起母性這種神話，再加上宗教受到打壓，幾乎沒人看過聖母瑪利亞懷抱幼子耶穌的圖像。過了很久之後，隨著東德終焉，母愛的神話也像海市蜃樓般慢慢從德國的地平線浮現出來。托斯卡沒照顧自己的孩子受到大眾媒體那麼強烈的譴責讓我十分同情。很多人開始說她壞話，「因為托斯卡從東德來，所以把孩子交給其他人、自己不照顧孩子。」甚至還有新聞寫道，「因為在社會主義馬戲團中工作，過大的壓力讓她失去了育兒本能。」這實在是太大的誤解。首先「壓力」這種詞彙是西方的「產品」，在東德原本並沒有。其次，所謂育兒本能或許在人類身上有，但動物身上並沒有。動物養育孩子並非出於本能，而是一種藝術。既然是藝術，那麼培育的也不一定得是自己的孩子。

我的野心或許就是出於對陰天的恐懼。「我才不甘心只做滾大球或者過橋這些表演。我要跟托斯卡一起創作出前所未有的表演。」我絲毫沒有隱藏自己的野心，在潘科夫面前說了大話，潘科夫停下他喝啤酒的手，突然換上嚴肅的表情：「既然如此，去查查民俗學和神話學的書，或許可以獲得一些線索。」很多在馬戲團工作的人都隱藏著自己高尚的教養。因為這麼一來可以避免被主管機關盯上的危險，同時也能讓舞臺看起來更添光彩。看上去壞心腸又低俗的潘科夫，其實擁有人類學的博士學位。

丈夫跟我請潘科夫寫了介紹信，請假一天前往大學圖書館。那裡只有幾本北極學的書籍，但翻看之後知道了很多我以往不知道的事實，我幾乎忘記自己來這裡的目的，全心沉浸在書本當中。

北極熊很少跟人類接觸，所以並不知道人類是危險的動物，他們好奇心極強，看到小型飛機就會好奇地走近。獵人會從正面射擊出於好奇心而接近的熊。子彈輕輕鬆鬆就能擊中。因此，不需要特別技術也不怎麼危險的獵熊活動成為一種流行運動。另一方面如果為了賺錢就得活捉，這就需要高超一點的技術了。熊被安眠藥擊中有可能致死，也經常在運送中生病倒下。書上寫道，蘇聯在一九五六年下令禁止捕捉北極熊，但是美國、加拿大、挪威在那之後依然持續捉捕，一九六〇年搭乘飛機而來的運動獵人槍下至少就殺死了三百頭熊。

這些資料讓我看得義憤填膺，丈夫大概是想逗我笑，提議：「不如妳扮成牛仔的樣子做出射擊的樣子，讓托卡斯假裝倒地死亡，這種表演如何？」「太蠢了，倒地之後要怎麼辦？」「然後托斯卡突然爬起來打算吃掉妳。這是個暴力犧牲者起死回生、打倒惡人的故事。」「不行不行，來看馬戲團的觀眾才不會想看寫實的社會主義。最好是更具神話性質的內容。」「那來看看愛斯基摩的研究書籍吧。」

在某一本書裡寫道，因努伊特人對北極熊擁有豐富知識，但是這些知識大部分都遭到學者的否定。否定的唯一理由是因為沒有證據。「我們不是學者，就算沒有證據，也可以全盤相信因努伊特人說的話啊。」「就這麼辦。我以前曾經想當動物學家。現在終於找到慶幸自己沒當上的好理由了。」

根據某個因努伊特人的證詞，北極熊冬眠的時候會封住自己的屁眼。「如果把紅酒的軟木塞塞在屁眼裡，表演放屁噴掉軟木塞如何？」聽我丈夫這麼說，我很不開心地駁回：「這種低級的表演去你自己的舞臺上玩。」我怎麼可能讓托斯卡這樣優雅的婦人在舞臺上表演這種東西。

不少因努伊特人都曾經證實北極熊會用頭推著冰塊前進。他們似乎是靠著這個方法來隱身慢慢接近獵物。我想這應該是真的。因為托斯卡一看到球，也會立刻用鼻子推著往前進。

「如果妳坐在嬰兒車裡讓托斯卡推著往前進呢？」丈夫提議。聽起來還不壞。「不過托斯卡當母親、我當女兒，這是觀眾想看到的角色嗎？我當嬰兒好嗎？讓托斯卡來照顧我？」「聽說建立羅馬帝國的雙胞胎兄弟也是喝了母狼的奶水長大的。能成為建國的偉大人物，好像都必須被動物養育過。」「既然這樣，不如來寫一齣音樂劇，描寫我喝熊的乳汁長大，最後成為女帝王的故事。」「不錯呢，但是我們現在之所以來圖書館尋找靈感，就是因為時間不夠。我們沒有多餘時間創作音樂劇。」

還有因努伊特人說，北極熊會把雪放在傷口上止血。這些動作光是想像就覺得好美，可是不容易在舞臺上呈現。

因努伊特人相信北極熊都是左撇子。如果真是如此，那麼在舞臺上讓她用左手在黑板上寫字應該也挺有趣的，可是如果要表演給俄羅斯的訪客欣賞，就得教她西里爾文字，而且用左手寫西里爾文字實在太困難了。

「可是漢字比西里爾文字難多了吧？聽說中國的貓熊就會寫漢字。」丈夫說：「忘記是什麼時候了，我跟潘科夫提過這件事，他很不甘心地咬著牙說，那只是中國政府拿來宣稱文字改革有成效的政令宣傳罷了。我反問他，這為什麼會是一種政令宣傳？他說因為中國政府宣稱，只要減少筆畫，就連貓熊也能學會寫字。」「那潘科夫是怎麼回答的？」「他很不高興地說，這怎麼可能。就算筆畫再少，漢字還是漢字、貓熊還是貓熊。但如果貓熊生來就很聰明呢？最重要的先決條件是，不能讓克里姆林的客人發現這個問題。」「我們又不是在比賽誰頭腦好。動物的舞臺目的不在炫耀智力的高低。在這裡煩惱不能成為貓熊，也無法帶來任何進展啊。」「所以每一種熊都有各自的優點。馬戲團確實不是個炫耀智商的地方。對了，妳知道三隻熊那本繪本嗎？」丈夫突然想起來問我。「如果像那本繪本裡的熊一樣，讓熊來做人類平常會做的事，不是顯得很可愛、很有趣嗎？面對桌子坐在椅子上，把餐巾放在膝蓋上，打開果醬瓶，塗在麵包上吃，用杯子喝可可亞之類的。」

閉館時間接近。即便被官僚習氣的圖書館員冷冷趕走，丈夫心情還是很好。「比起站在舞臺上或者訓練動物，我好像更適合在圖書館查資料，設計妳的表演內容呢。」我偷偷看了一眼丈夫的側臉。他的臉頰不知什麼時候凹陷了下去，眼睛四周暗沉，頭髮黑白夾雜，眉毛也長的很長。大概是不需要跟熊正面對決這件事讓他鬆了一大口氣，以致於老邁頓時決堤、一口氣湧了上來吧。

隔天我們馬上進入家庭場景的排練，但托斯卡雖然會旋轉果醬瓶蓋打開，卻沒辦法拿起果醬刀將果醬塗在麵包上。不是因為她不夠靈巧，而是因為一打開果醬瓶她就會將長長舌頭伸進瓶裡，舔光所有果醬。當然，我並沒有期待只要說服托斯卡，她就能完成任何表演。問題在於我們能力不足，才無法想出巧妙的設計。

「傷腦筋，我先出去抽根菸。」說著，丈夫走到外面去。對了，最近丈夫抽菸的根數好像增加了不少。他也經常陪潘科夫一起喝伏特加。這讓我有點寂寞，看看托斯卡，她正側眼看著我，身體像嬰兒一樣仰躺著。看到她這個樣子，我想起女兒安娜還在襁褓中的樣子。我們已經很久沒見了，不知道她過得怎麼樣。在學校裡交到了朋友嗎？

丈夫隔天也去了圖書館，我留在托斯卡身邊。儘管還沒決定表演內容，我們還是可以練習進場跟退場。我打開籠子，小心不背對托斯卡，慢慢走向練習場的角落。練習場的地板上放著球、熊玩偶，還有水桶。托斯卡目不斜視直奔向我，她聞著我身體各部分的氣味，特別仔細聞了我屁股和嘴巴還有手上的氣味。我強忍著幾乎要笑出來的衝動。

丈夫大概是打算在圖書館裡埋首書堆過一整天吧。過了中午他還沒有回來。肚子開始咕嚕咕嚕叫，我打算去吃午餐，剛帶托斯卡回籠子裡，這時潘科夫的秘書來了，說道：「這是俄羅斯馬戲團的舊貨，有一點故障了，但我想妳可能會有興趣。」推來一輛小熊坐的三輪車。三輪車非常堅固，我騎上去也完全沒問題，但是踏板很重、踩不太動。托斯卡在籠子裡很羨慕地看著我。這三輪車對托斯卡來說太小了。如果拜託潘科夫打造一輛托斯卡用的三輪車，馬戲團一定馬上會出現赤字吧？

我把膝蓋彎到極限，坐上那輛小熊用的三輪車，想起自己貧窮的時代。學校畢業後我馬上進電報局工作，當時曾經騎著自行車派送電報，除了那時候之外，戰後我也一直過得很貧窮，可是等到東德成立，所有會計報告都開始有漂亮的黑字。我聽說所謂赤字只會存在西方國家。

騎自行車送電報的那段日子，我曾經在路上練習過車技。加快車速後，直接不煞車轉彎，讓身體打橫，腳踝幾乎要接觸到地面。我想起那種被離心力拉扯的快感。又想起將把手拉近身體、翹起前輪只靠後輪行駛的感覺。還有緊握住把手，將體重放在兩手手腕上，直接撐起身體、讓腳離開踏板，似乎可以在把手上倒立。當時的自己並不是現在我想像的自己。那時候的我更輕快、莽撞，一點也不害怕赤字。以前我腦中所謂的表演是飛越彩虹、是乘雲而行。

這時，眼前托斯卡的眼睛化為黑色火焰，開始閃動搖曳。周圍變得明亮眩目。在明亮當中，天花板跟牆壁的界線消失。我一點也不害怕托斯卡，但是周圍的氣氛變得很可怕。我感覺自己好像踏進了一個不該踏足的地帶。在這裡，各種語言的文法都被黑暗包覆，失去了色彩，逐漸溶解，漂浮在凍結的海面上。「我們聊聊吧。」我跟托斯卡一起坐在一片冰上，漂浮在海面，托斯卡說的話我都能聽懂。旁邊還有一片類似的浮冰，上面的因努伊特人人正在跟雪兔說話。

「我想知道妳的一切。」托斯卡說：「妳小時候害怕什麼？」這意外的問題讓我很困惑。在外界眼中，我是個無所畏懼的猛獸訓練師，過去從來沒有人問過我怕什麼。但是我確實也有害怕的東西。

比方說，夏天傍晚一個人在公寓走廊上玩，發現背後好像有蟲子。轉過頭，看到一隻動著觸角、正在走廊角落移動的蟲子。那細瘦到幾乎看不見的六隻腳吃力地搬運著身上的甲殼。究竟只有腳是屬於昆蟲、甲殼是背負的行李，或者是甲殼裡也流著血呢？我身上背的不是甲殼，而是書包。雖然是書包，但是一直無法放下，已經成為身體的一部分了。就像植物的根長到土裡一樣，不知不覺中，我的血管也從背後延伸到書包裡。硬要扒下來，背後的皮膚應該會撕裂流出血來吧。「回來了？」聽到母親的聲音。「我接下來要出門，妳自己吃飯喔。」「妳要去哪裡？」「去看醫生。」「去看牙醫嗎？」「去看婦產科。」一聽到是婦產科，我又無法放下書包，直接背著書包衝到外面去，以綠色為目標不斷奔跑。家附近的景色越來越遠，我開始被包圍在逐漸深濃的綠色當中。綠色有綠色的味道，紅色有紅色的味道。紅色的味道是玫瑰和血混合起來的味道。白色裡有雪的味道。但是冬天還很遠，我還沒辦法抵達白色。我再也跑不動了。停下來，手扶著膝蓋，只有嘴巴像幫浦一樣呼吸著，這時，一隻有著絲絹般輕薄翅膀的小翅昆蟲停在我頭髮的分線上。我覺得好癢、用手揮開，小翅昆蟲暫時飛走了，但過了一陣子又回到同樣的地方。我在髮旋延長線上的空中抓住小翅昆蟲，拿到自己眼前，怯生生打開手掌。啪噠啪噠拍打的羽毛發出粉狀光芒。他沒有看起來像頭的地方，難道是光靠翅膀在飛？還是被抓到時解體了？說不定我的頭髮也一樣，其實並不是我身體的一部分，而是細長的昆蟲。他們像螞蟥一樣咬著我的頭皮、吸我大腦的血而生。我開始討厭自己的頭髮，一根一根拔了下來。

仔細盯著左腳背，發現一顆以往沒看過的痣。摸了還會動。原來是螞蟻。我凝神想看清楚螞蟻的臉，那漆黑的面具放大了，但上面沒有眼睛也沒有嘴。下腹部很脹，快憋不住尿了，於是我站著稍微張開雙腿。尿的出口變熱，但什麼也沒尿出來。我一直盯著地面，看到地面上排列著標點符號。這些也是螞蟻。正這麼想，一股熱流就穿過尿道往外奔洩，沿著腿內側往下流，螞蟻們頓時活力大增，沿著尿留下的路徑在我大腿內側排成一列爬上來。救救我、救救我。

我將臉埋在托斯卡的膝頭之間哭了起來。到了這個年紀才終於交到好朋友，遇到害怕的事我總算可以坦誠地說害怕、可以哭泣。一想到這裡就覺得眼淚的味道如此甘美，捨不得結束，於是我刻意哭得更大聲。「怎麼了？」忽然傳來一個波長完全不同的聲音。燈亮了，我看到丈夫睡衣的圖案。好像是做夢了。「做惡夢了嗎？」我尷尬地擦掉眼淚。「我小時候很怕蟲，剛剛突然做了類似的夢。」「蟲？比方說螞蟻嗎？」「對。」丈夫笑到睡衣胸前都起了皺摺。「連獅子和熊都不怕的妳，竟然害怕螞蟻？」「對啊。」「也怕毛毛蟲嗎？」「對啊，但最害怕的是蜘蛛。」這時我已經完全清醒，開始跟丈夫說起關於我害怕的蜘蛛。

當時我家附近住著一個身上有好聞氣味的少年，名叫霍爾斯特。一天，霍爾斯特邀我一起偷偷潛進車站後面的果園偷蘋果。我帶著被騙也無所謂的心情跟著他去了。果園的樹枝很低，交織成一片屋頂，在小孩也摸得到的高度長了很多蘋果。我發現長得特別大、特別紅的蘋果，伸長了手正想摘下時，突然有一隻蜘蛛筆直降落到我眼前。那蜘蛛背上的圖案看起來就像一張臉。那張臉發出了震耳欲聾的慘烈叫聲。一回神，原來那是我自己的叫聲。聽到慘叫聲飛奔而來的果園主人，非但沒有責罵我，還細心照料這個昏厥的少女，把我送回家。

在那之後又過了一陣子，霍爾斯特提議：「雜貨店後面的倉庫藏了好吃的東西，我們去偷出來吧。」倉庫前綁著看門狗，我們一接近那隻狗就會掀起上唇對我們低吼。他明顯地展現出只要有人接近一定會狠狠緊咬不放的氣勢，我說：「會被狗咬的，我們走吧。」霍爾斯特說：「這麼小的狗，有什麼好怕的？」他鎮定地走過狗身邊。正當我想告訴他「會被咬的！」這時候狗已經咬住霍爾斯特的小腿，就這樣緊咬不放，還激烈搖頭表示憤怒。當時霍爾斯特發出的慘叫，一輩子都深刻烙印在我的鼓膜上。

在那之後又過了幾天，我跟霍爾斯特兩個人經過雜貨店前，店門口綁著同一隻狗，不過那天狗的心情很好，對我們搖尾巴，彎著眼角露出「摸我摸我」的討好視線。我毫不猶豫地走近，摸了摸他的頭。霍爾斯特非常驚訝。

動物在想什麼對我來說就像閱讀字母一樣清晰易懂。所以為什麼其他人類讀不懂這些字母，甚至根本看不見，反而讓我覺得很不可思議。這不是勇氣的問題。如果對方討厭我，我自然會後退；假如對方喜歡，我就不會有所懷疑。因為動物不會演戲也不會化妝，非常好懂。我之所以害怕蟲子，是因為我看不見蟲子的內心。

丈夫很感興趣地聽著我說這些故事，等我說完，他低聲問：「我以前也覺得非常好懂，但是現在已經讀不懂動物的心情了。如果暫時失去這種能力，還有可能找回來嗎？」他問我。「當然可以，你只是一時陷入低潮而已。」我這麼回答他，但是我愧於面對說謊的自己，急忙關掉了燈。

隔天，我們一整天都在練習入場敬禮和退場。但托斯卡偶爾會盯著我眼睛，露出欲言又止的表情。看來昨天晚上那不是普通的夢，而是人類和動物共享的第三地帶。

「狀況如何？」十點左右，鬍鬚上沾了一點半熟蛋黃的潘科夫來到練習場。「果醬部分有點困難，我們打算改成蜂蜜。」丈夫神采奕奕地回答。「喔？是什麼樣的表演？」「托斯卡會在背後裝上翅膀，變身成蜜蜂、搬運花蜜。等到蜂蜜釀好後，又會恢復成熊的姿態，自己吃掉這些蜂蜜。」潘科夫臉色一沉。「沒有更好懂的表演嗎？比方說滾大球、跳繩、羽毛球之類的？太過複雜的表演大家一定會暗自揣測這是不是社會批判，還是免了吧。」

目前馬戲團裡並沒有托斯卡能站上去的大球，我拜託潘科夫做一顆大球。打造三輪車或許很困難，但球應該做的出來吧。要打羽毛球也得有道具才行，無計可施之下，我們還用綁行李的繩子練習了跳繩，但幸好托斯卡完全跳不起來。托斯卡的體重很重，但腳卻很細，跳繩容易傷到她的膝蓋，所以我一開始就反對。我知道在俄羅斯某個馬戲團裡，曾經讓貴賓犬跳繩。「但是一直跟著俄羅斯人後面走，我國的馬戲團是不會有未來的。」我忍不住說出這番冠冕堂皇的道理，丈夫豎起食指放在嘴巴前，提醒我隔牆有耳。這可不是慣用句或比喻，練習場的牆壁上真的裝了祕密警察的竊聽之耳。

我們在拖車裡生活，辦公室跟餐廳也都在拖車裡，只有練習場是像倉庫般的混凝土建築。當然也有很多團員會在城裡租公寓，並不是所有人都在馬戲團基地裡生活，不過我跟丈夫打從骨子裡就是馬戲團人，晚上也不想離開基地，我們把拖車當成寢室。

在馬戲團外跟丈夫一起生活我會有種不安，覺得丈夫好像變成另外一個人。連接我們兩人的是馬戲團，而且只有熊，並不包含性生活。

這一天依然什麼進展都沒有，就這樣天黑了。我內心暗自期待著天黑。用紅茶嚥下夾著乾乳酪的堅硬黑麵包後，我馬上開始刷牙。「喔，妳要睡了嗎？」丈夫訝異地問，他右手拿著圍棋組、左手拿著伏特加瓶和菸。「都是今天練習跳繩用的繩子啦，我現在腦子裡的繩子打結，感覺很累，想早點休息。」我本來就不能喝酒，陪丈夫下圍棋的工作向來都請潘科夫的秘書代勞。

放眼望去，整片白雪原野一直延續到起伏不平的地平線那一端。我在冰上鋪了毛皮，坐在上面，托斯卡把下巴放在我大腿上閉著眼睛。托斯卡沒有聲音。幾千年來從沒跟周圍交談過的冰之女神，已經失去了她的聲音。不過托斯卡在想什麼，對我來講就像下雪的日子裡在一張雪白的圖畫紙上用深濃鉛筆寫下的字那樣清晰易讀。「我出生的時候附近一片黑暗。外面很冷，我一直緊貼在母親身邊。母親總是在睡覺，不吃東西也不外出。直到離開洞穴為止，不只眼睛看不見，好像連耳朵也聽不見。之後我問她，我是早產兒嗎？她說所有熊都是早產兒。那妳媽媽是什麼樣的人呢？」

我正沉浸在熊寶寶的心情中，突然被她反問，我回過神來。不得不努力回想自己身為人類的幼年時期。

我懂事以來就跟母親兩個人一起生活。聽說我父親一個人住在柏林，所以小時候我一直對柏林這個城市很感興趣。我可以清晰回想起家裡壁紙的圖案，但是卻想不起父親的長相。

我記得曾經看過父母親結婚典禮的照片。雪白的手套、禮服邊緣聊勝於無的蕾絲、胸前口袋頹萎的玫瑰。一開始父親好像也住在這個家裡。他們什麼時候吵架？父親什麼時候離開的？身為女兒的我一點印象都沒有了。

母親在德勒斯登的纖維工廠工作。有一天，她被分配到近郊諾伊施塔特的工廠，於是提出為了上班方便想搬到郊外的住宅。其實新家和工廠距離並沒有那麼近，但母親說家前方的馬路就有前往工廠的公車，上班很方便，可是小時候的我隱約覺得應該有其他原因。比方說我從他們對話間聽到，他們跟最近經常來家裡的男人之間發生了一些爭執、搞壞了什麼，所以我覺得搬家只是大人的任性，我反對搬家。另外還有一個我不想搬家的理由，那就是我很捨不得跟住在木造公寓地下室的老鼠。母親試圖安撫鬧脾氣的我：「搬家之後一定會有好事發生。新的地方還會有新的動物啊。」後來也確實如她所說。當時距離我們新家一公里左右的地方，有個長期待在當地的馬戲團名叫「薩拉沙尼」。

從夢中醒來後，眼前看到的不是托斯卡、而是丈夫的背影。再過不久天就要亮了。丈夫睜開眼睛，翻個身後說：「跟托斯卡一起跳探戈怎麼樣？」「你整個晚上都在想這個？」「怎麼可能？我剛剛醒來那一刻突然想到的。」「我又不會跳舞。不過我會試試看。」

白天沒有共通語言，我沒辦法跟托斯卡聊關於夢的事，可是光看她的微妙態度和眼神，我就可以知道托斯卡正在思考昨天夢裡我跟她說過的話。

我跟托斯卡面對面站立。我握著托斯卡的前腳，擔心我們身高差異太大，看起來會很滑稽。練習用的留聲機遠比想像更糟糕，要在斷斷續續又充滿雜音的聲音裡找出

「化妝舞會」旋律相當辛苦，光是這樣就已經很容易絆倒了。我笨拙地踏著舞步，動不動就踩到托斯卡的腳，可是托斯卡看起來好像一點都不痛，她彎下腰，舔著我的臉頰。可能是有果醬的味道吧。音樂停了，丈夫說：「奇怪了，都已經壞成這樣了，還有其他能故障的地方嗎？」他開始檢查機器。我輕輕摸了摸托斯卡的肚子。她肚子上先是一層粗硬的厚毛，下面有柔軟的短毛。摸著摸著，我想起以前學習探戈舞步的事。記憶裡我聽到一個女人輕哼著探戈旋律。「退、退，雙腳交叉、旁邊。」那是誰的聲音？「在這裡轉圈，後退一步。」我依照那聲音開始踏著舞步。托斯卡起初顯得有點驚訝，但是當我拉起她的手，她就會乖乖地前往前踏出一步。稍微一推，她馬上會往後退一步。「雙腳交叉、往旁邊、往旁邊。」那是女空中飛人的聲音，她母親來自古巴。當時我們跳著跳著就跌倒了，兩片熱唇相接。

潘科夫不知什麼時候進了練習場，坐在角落椅子上參觀。「你們跳得太糟了，不過光是面對面站著畫面就很好看。哈哈哈，如果探戈跳不來，撲克牌還是什麼都好。」丈夫咻～地吹了一聲口哨。「對了，圍棋怎麼樣？」「圍棋，是說你偶爾會玩的那種日本西洋棋？」「對，不是會用到白色跟黑色石頭嗎？剛剛好，十頭白熊就像白色石頭一樣在棋盤的格子上動。再借來十頭海狗當黑色石頭。」「這樣白子很快就會吃掉黑子，那我們可就賠慘了。再說，如果用圍棋而不是西洋棋，可能有人會猜測這是不是故意要挖苦自認西洋棋世界第一的俄羅斯人，還是算了吧。對了，今天有個年輕導演會過來，說是有重要的事要談，你能跟我一起過去嗎？他說以前跟托斯卡一起工作過。或許可以給我們什麼好點子。」

年輕導演叫霍尼伯格，托斯卡在《天鵝湖》甄選中落選時，他是地方城市的芭蕾編舞師，也是當時評審委員會的一員。他對於其他委員古板的想法感到憤怒，熱切地傾訴托斯卡的魅力，但是對於托斯卡沒有被採用這件事至今他都還覺得自己有責任。他忿忿地說，天分不及托斯卡一半的鷺、狐狸那些同學都一一登上舞臺大展身手，但是像托斯卡這種天才卻無法獲得世間的認同，鬱鬱不得志，他實在看不下去。《天鵝湖》甄選時，最年長的評審似乎說過：「體格好的女性是沒有機會的。」他還說：「假如是男性舞者，體格健壯倒沒什麼問題，但是女性還是妖精類型比較受歡迎。」真不想再跟這些老古板一起工作，生氣的年輕編舞師對托斯卡提出邀約：「繼續在這個國家努力下去也沒有意義。要不要跟我一起逃亡去西德？我們去漢堡找約翰・諾伊邁爾（John Neumeier）吧。一定很棒的！」托斯卡有點心動，但是她回家跟年邁的母親說起這件事，被母親阻止了。西德就跟天國一樣，只能在夢裡看看，實際上最好別去。托斯卡的母親在蘇聯出生長大，曾經逃亡到西德，之後去了加拿大在那裡結婚，生下托斯卡，之後應丹麥出生的丈夫期望，舉家搬到東德，好像已經厭倦了逃亡。

母親說假如托斯卡無論如何都想去，她也不會勉強挽留，可是從此母女可能再也見不到面，到時就帶著遺書走吧，聽了之後托斯卡放棄逃亡的念頭，沒能在芭蕾舞者生涯中大放異彩，只能參加兒童劇的演出，一邊摸索新的方向，她就是在這時候接到我們馬戲團的邀約，而一聽說托斯卡加入了馬戲團，霍尼伯格立刻下定決心，自己也要斬斷跟芭蕾這種舊時代表演藝術的緣分，開始追尋新時代的舞臺藝術，成為導演，在托斯卡之後也離家出走了。「離家之後我沒有住處，也沒有工作，希望馬戲團能收留我一陣子。我可以幫忙設計托斯卡的舞臺表演。」他一派輕鬆地說著這些厚臉皮的要求。

潘科夫和我丈夫用懷疑的眼光上下打量著青年身上的緊身牛仔褲。我很想從這個男人口中多問些關於托斯卡的事，我開心地問：「托斯卡之前演過什麼樣的戲？」男人看了我一眼，意味深長地笑了，但並沒有回答我。

隔天，我跟丈夫還有離家出走的霍尼伯格在托斯卡的籠子前擺了椅子，召開小會議。一開始對這個年輕男人帶有戒心的丈夫，聊著聊著也漸漸敞開心房，說道：「當代戲劇就是因為出現兒童劇這種東西之後才開始墮落。」霍尼伯格也附和他的說法：「只有馬戲團是不分兒童或大人的真正舞臺藝術。」於是兩人興致一來，說要去喝一杯，大白天就開始喝起啤酒。「喝啤酒是無所謂，但是千萬別在托斯卡面前抽菸。萬一讓托斯卡得肺炎怎麼辦！」「那我們去外面說吧。喝啤酒不能抽菸，就等於吃牛排沒有鹽巴一樣。」

我們將會議地點轉移到外面的晾衣場附近，霍尼伯格這才不情願地回答我的問題，他告訴我托斯卡如何因為體型和語言不同的關係，受到了歧視。

一想到托斯卡遭受的苦難，我就覺得痛心，啊，表演者真的太可憐了，不論過去有過什麼樣的經歷，大家還是只會根據現在的表演來評斷他們。假使生涯中獲得一定的榮耀，到了老年或許會有人替他寫傳記，就算沒人寫，如果是人類也可以存款來自費出版。可是一隻熊過往身為女性的苦難之道，想必隨著死亡立刻就會被遺忘。可悲者，你的名字是熊。另一方面，丈夫跟霍尼伯格兩人越喝越意氣相投，「讓托斯卡坐上拖拉機如何？」「讓她戴上安全帽，拿著鶴嘴鋤。」「為女性勞工乾杯！」兩人一搭一唱，一直在外面的長凳聊到天黑。我沖了個澡把兩個男人的話從身體沖洗乾淨，九點就上了床。

「我母親寫了自傳。」「真厲害。」「她寫得很辛苦，嘗試了好多不同方向，三番兩次挫折還是沒有放棄，不斷地寫。」托斯卡的聲音總是像冰一樣澄澈透明。「但是我什麼都寫不出來。」「為什麼？」「因為我就是傳記裡的出場人物。」「那我幫妳寫吧。我來寫一個只有妳的故事，在妳母親自傳之外的故事。」

我竟然在夢裡答應了托斯卡這麼重要的事，四點鐘睜開眼睛。之前頂多只寫過信的我，怎麼可能幫托斯卡寫傳記呢？身邊的丈夫發出響亮的鼾聲還在熟睡。我悄悄離開床，在空無一人的餐廳裡坐在餐桌前手撐著臉頰發呆，不經意一望，一根已經寫得很短的鉛筆掉在地板上。這似乎是命運在催促我替托斯卡寫傳記的信號，我下定決心，開始找紙。但是卻一直找不到。當時紙張短缺，有時候連上廁所用的紙找遍大街小巷所有店家都賣光、怎麼也買不到。我甚至連架子後面都找了，好不容易發現了去年的打掃輪值表，幸好背面是白色的。

這種紙也好過沒有，可是連那位寫了自傳之後聲名大噪的雄貓都不缺紙，想想真是羞愧。人類很需要紙。即使沒辦法像北極熊一樣，可以面對一張延伸到地平線的巨大白紙而生，至少希望每天可以配給一張便箋。我把打掃輪值表的皺褶壓平，用剛剛撿起來的短短鉛筆開始寫。

我出生的時候一片漆黑，什麼都聽不見。我把身體抵在旁邊那個溫暖的物體上，尋找那個物體上突起的乳頭，吸吮甘甜的汁液後入睡。我決定把這個溫暖的物體叫做熊媽媽。

我最害怕有時候會有巨人出現，跟熊媽媽吵架。熊媽媽會大叫把他趕走，但是後來疲累的熊媽媽聲音越來越虛弱，巨人會跑進洞穴來對我們大叫。熊媽媽發出淒厲的叫聲，巨人受到刺激叫得更大聲。「怎麼了？起得這麼早？」聽到丈夫的聲音我回過神來，急忙用左手藏起寫好的東西。「妳在寫什麼？」「沒什麼。」「啊，好渴。茶還沒好嗎？」

輪值的見習生終於煮好紅茶，裝在大保溫壺裡拿來。我想轉開蓋子，可是壺內冷卻的空氣從蓋子內側用力拉，就是不讓人打開。我用左手奮力固定著保溫壺，覆上整個上半身使盡全力，就像在用大螺絲轉動自己的胸口一樣。一看，我的右手因為太過用力，看起來就像鷹爪一樣。「妳還好嗎？要不要我來開？對了，讓托斯卡表演開保溫壺怎麼樣？」「真是好主意。能不能買個表演用的新保溫壺？我馬上去辦公室問問看。」「我也去。霍尼伯格還在睡嗎？」

我們前往作為管理辦公室使用的拖車詢問：「我想讓熊練習打開保溫壺的表演，可以買個新的保溫壺嗎？」負責管帳的男人立刻揮手，表現出萬萬不可的態度：「不行。這幾年我國的保溫壺生產供不應求，就算壞了也買不到新的。怎麼可能還有多餘的供表演使用呢？」這時剛好潘科夫剛好拿著一疊資料進來，聽說了來龍去脈，他只說了一句：「你們還沒有確定表演節目嗎？這長距離跑者也太誇張了吧。」他丟下這句話，就匆匆離開了。

我在潘科夫的聲音裡感受到罕見的溫暖，但丈夫卻覺得受到對方冰冷的批判，一離開拖車，他就沮喪地抱頭坐在旁邊的木箱上。難道丈夫不只是熊、連人的心都讀不懂了？還是我太過遲鈍？

丈夫遲遲不站起來。我說起往事想鼓勵他。「之前不是提過，我剛出道時做過驢子表演嗎？如果讓托斯卡也表演一樣的東西如何？」

這時身穿睡衣的霍尼伯格彷彿一直在等待這一幕一樣，突然現身：「驢子嗎！太好了，再多說一點細節吧。」說著，他坐在丈夫身邊，丈夫突然又有了精神。「原來你還在睡啊，我以為你已經出門了。」說著，將手放在霍尼博格的肩上。

我二十六歲時之所以能輕鬆完成出道的驢子表演，都要多虧馬戲團的海報在審查過程中出了問題。當時我工作的馬戲團裡有個名叫楊的小丑。聽說只要是關於文字和數字的決定，團長都會交給這個年輕男人。那是個滿月的夜晚。我除了負責打掃跟照顧動物之外，還得照顧小孩，我在基地裡到處走，尋找患了夢遊症跑出來的孩子，這時我發現辦公室拖車裡有手電筒的亮光。為什麼還開著燈呢？該不會我在找的孩子就在那裡，於是走近了拖車，結果聽到的是團長和小丑楊的聲音。楊說話的態度跟平常不一樣，顯得很亢奮，正在跟團長說明著什麼，團長一邊附和、不時夾雜幾個問題。我聽到楊以對等的態度對團長說話，覺得很驚訝，忍不住停下腳步。「團長，拜託了。

如果主管機關問起，一定要強調這句話印在海報正中間。馬戲團是扎根於民眾生活的藝術。這是盧那察爾斯基說過的話。」「這麼艱澀的句子，客人看了會喜歡嗎？」「只是把這句話用大字印在正中央而已，其實一點也不醒目，因為跟背景幾乎是一樣的顏色。看到這張海報的人視線會先被寫在上面的小字布希馬戲圖幾個小字吸引。與其說這是字，其實更像是一種商標，不是用來讀、是用來看的，我們要訴諸感性。就跟可口可樂的商標一樣。這海報的設計會讓大家接下來注意到下面小小的金色獅子和身穿泳衣的性感女性。我國的廣告心理學還不發達，所以主管機關一定沒有人能看破這個策略。看到這張海報的人感官會受到刺激，無論如何都很想去馬戲團，不過這麼一來就沒人能說我們是靠頹廢藝術來賺錢了。」「但是這個女人看起來不會有點像脫衣女郎嗎？」「如果這服裝被說是頹廢藝術，你就說這是在奧林匹克游泳比賽中正式承認的泳裝。要跟猛獸相處是一種運動，要是不確保手腳最大限度的自由，勞工的身體就會出現危險。」「勞工是誰？」「馬戲團的團員啊。還會有誰。」平常八面威風的團長，這時就像個小學生一樣乖乖聽著楊的指示。我後來才知道其中的理由。

過了一陣子之後，某一天一群眼神兇惡的男人來訪，還一邊用手帕擦著額頭的汗水，我心想，反正跟自己沒關係，正在照顧馬。團長帶著那一行人直接朝我走來。「喂！」叫住我的團長聲音比平時更低沉，充滿揪住兔子脖子往上拎的自信。男人們圍成半圈，從我胸部到腿部不斷來回打量，這時團長煞有介事地說：「就是她！她現在剛好在照顧馬，所以穿著這身衣服，如同各位所見，她長得很美，運動神經也相當優異，接下來我會讓她換上服裝，還請各位一邊享用一邊等待。」楊以標準的小丑動作，說著：「請慢慢享用。」同時熟練地做著往杯中倒酒的動作，逗得這群男人頓時哄堂大笑，但楊的眼睛裡卻沒有笑意。

到了晚上他們才終於告訴我，因為海報設計實在太可疑，團長被主管機關多所刁難。他們批評「馴獸師是個白髮纖瘦的男人，為什麼海報上要畫一個並不存在的頹廢女人呢？」團長頓時語塞，楊代為回答：「其實最近有個很有天分的年輕女人剛入團，不久的將來她即將以馴獸明星的身分出道。現在為了讓動物習慣她的存在，主要讓她負責照顧動物。但如果順利的話，這次將會是她的出道表演，所以我們把她放在海報上。不過畢竟是很難的表演，也不知道練習中會發生什麼狀況，我們也不敢斷言她一定能出場。」這番話順利救了場。儘管是臨時編造的謊言，但編得還真不錯。「既然如此，我們想見見那個女人。」男人們提出要求，楊則一臉泰然地帶他們來到正在馬廄工作的我面前。

楊拉著我走進服裝拖車，讓我脫下衣服換上團長舊情人曾經穿過的粉紅色服裝，把頭髮綁得像洋蔥一樣，裝上鳳蝶一樣的睫毛，塗了紅鮭魚般的口紅，在主管機關那行人將伏特加灌入喉嚨、已經微醺的狀態下，我這個明日之星隆重登場，享受了一陣喝采。

那些人走了之後我正要脫掉服裝，但其他團員紛紛聚集過來，「不用這麼急著脫啊。感覺好像有新人入團，好興奮喔。」「我一直覺得妳就應該這樣穿。」「真是太驚訝了。」「跟醜小鴨一樣，妳現在真的變天鵝了。」「這樣說太失禮了吧，她本來就不醜啊。」「但是本來不太起眼啊。」大家你一言我一語地稱讚我，說著不知道是羨慕還是出於嫉妒而故意貶損我的話，有人點頭、有人嘆氣。

楊對團長說：「有時謊言也能產生真實。您意下如何？五分鐘的短短表演也好，要不要讓她試試看？」在大家面前他對團長說話的方式很客氣。「您意下如何？」這次輪到團長怯生生地詢問馴獸大師。團長在這位大師面前也抬不起頭來。大師還是一臉兇相。「既然是第一次，那就用驢子好了。」那口氣就好像是祖父在替孫兒決定升學的方向一樣。大家都驚訝地看看大師、再看看我。在這之前大師堅持除了他自己以外其他團員都不能在舞臺上使用動物，也難怪他這麼說大家會驚訝。

多虧了楊，海報總算順利通過審查送進印刷廠。又隔了一週，便服警官來看我們練習，我急忙跟在大師身邊，假裝在練習，不過他們看都沒看我一眼，就把楊帶走了。

難眠的夜晚持續了很久。悶熱的拖車實在讓人待不住。我走出來，聽到啜泣聲。走向聲音的來源，是大家謠傳跟楊正在交往的那個紅髮女人。「楊還沒回來呢。」聽我這麼對她說，女人忿忿地皺著鼻子說：「妳大可明明白白的說他被逮捕了。我都知道。我也知道是誰背叛他的。」我問：「是團長嗎？」她不假思索地馬上回答：「怎麼可能？他怎麼可能讓自己兒子進監獄。」「什麼？楊是團長的兒子？」「是啊，妳不知道嗎？」

「所以驢子表演到底是什麼樣的表演？妳的回憶雖然很有趣，但是故事太長了。」丈夫說。「你別急嘛，我正在練習寫書，這些細節都得依照順序好好說清楚才行。」「妳要寫自傳的嗎？」「不，我要寫別人的傳記。不過為了寫好傳記，我正在用自己的人生練習。我會從練習驢子表演這裡開始。你要仔細聽。」

「來吧，練習！練習！距離登臺沒有太多時間了。楊開的天窗得由你跟驢子來補。」馴獸大師洪亮的聲音又重現在我記憶中。我開始練習驢子的表演。不過實際上教表演的並不是大師，而是跟驢子一起出現的巴塞爾教授。所謂教授並不是他的綽號，他以前真的在萊比錫大學裡教過動物行為學。退休之後他在某個馬戲團的驢子表演深受歡迎，但幾年前因為膝蓋受傷，表演時頻頻用手搓揉膝蓋、得坐下來休息。但儘管如此他還是在旁人的哄騙、恭維之下，勉強自己工作了一陣子。終於在某一天，膝蓋發出怪聲受傷，完全報廢了。在那之後他在一個附有院子的破敗小屋裡，靠年金跟驢子一起過著和樂融融的生活，不過一聽到團長的邀約，他很開心能傳授驢子表演的技巧，千里迢迢前來。

「妳要愛上草食動物。如果愛上肉食動物命運就會陷入瘋狂。怎麼樣，很可愛吧？這頭驢子雖然不膽小，性格也不莽撞，很適合表演。」教授帶來的驢子名字就叫普拉特羅。

人類是眼睛發達的動物，會先看對方的身形、衣服還有長相。但教授告訴我對驢子來說最重要的是味覺，要先餵他吃紅蘿蔔，灌輸他自己是個有紅蘿蔔味道的人這種印象。當我把紅蘿蔔拿到嘴巴前，普拉特羅會發出清脆聲音吃得津津有味。吃完之後他會掀開嘴唇，露出漂亮的齒列。看起來就像在笑。我很難判斷究竟算是開心的笑、還是嘲諷的笑，是剛好位於兩者中間的笑容。「這表情很有趣吧？他這樣笑是為了要清除塞在齒縫的東西。所以如果給他容易黏在牙齒上的東西，然後在驢子吃完要笑之前對他說話，比方說……」說著，教授給普拉特羅一根塗了東西的紅蘿蔔，然後問他：「你該不會是在嘲笑人類吧？」普拉特羅剛好在回答問題的時間點咧嘴一笑。「我們可以透過組合這些小動作，來表演一齣戲。」「原來是這樣的戲法啊。」「靠糖果跟鞭子來驅動人的是政府，我們可是靠腦袋來驅動動物的。」說著，教授跟普拉特羅一樣，高高掀開上唇笑了。

「所謂表演，不一定要勉強。最好能在最輕鬆、最自然的狀況下，讓觀眾覺得好像看了一場魔法。」這時候我覺得普拉特羅彷彿也在點頭，但其實應該是光線的惡作劇。普拉特羅長長的睫毛後方那閃亮的眼睛實在太過平穩，簡直叫人發毛。

草食動物是不是絕對不會生氣，也不會跟夥伴吵架呢？如果人類變成素食主義者，是不是個性也會改變？

眼看著登臺的日子就要到了。我們的練習跳過了中間一些部分，一直專注朝前方前進，沒有停下腳步，連喘息的工夫都沒有。普拉特羅自己已經學會了基本技巧，所以實際上可以說只是練習的對象從教授換成了我而已，但光是這樣也相當不容易。

我們準備寫了數字的大卡片。當我問他「二乘以二等於多少？」普拉特羅便會走向寫著「四」的卡片。機關很簡單，只有這張卡片事先塗了紅蘿蔔汁液，其他卡片並沒有塗。但就算塗了紅蘿蔔汁，驢子也不見得會往那裡走，這就需要練習了。「即使知道有紅蘿蔔的味道、知道自己會獲得獎勵，他還是有可能走向其它方向。人類也是一樣。基本上即使練習結束，還是會留有些許失敗的可能。但妳知道一個十次中總有一次失敗的表演者，要如何確保自己站上舞臺後絕對不失敗嗎？」我搖搖頭。教授說：「只要進入某種精神狀態，就絕對不會失敗。」進入那種狀態的人，就像在春天湖畔睡午覺時一樣放鬆，什麼事都不擔心，腦中清澈無比，全身都化為觸角，變得十分靈敏。他的開口全部敞開，在必要瞬間即使不刻意施力，也會有源源不斷的力量流瀉出來。「只要在正式表演時讓自己進入這種狀態，就絕對不會失敗。」

終於，我們練習到當我問驢子「二乘以二等於多少？」他一定會走向寫著「四」

的卡片。團長來看我們練習時，我洋洋得意地摸著驢子耳朵，問他「二乘以二等於多少？」但驢子卻站在當地，一動也不動。教授只是面無表情地坐在角落的木椅上，並不打算幫我。我著急地不斷重複問題、摸他的耳朵，但驢子還是頑固地不肯動。團長嘆了口氣，無言地離開。我幾乎要哭出來。過了一會兒後，教授一派輕鬆地對我說：「妳剛剛摸了他的耳朵吧。普拉特羅希望妳繼續摸他的耳朵，所以不想離開妳身邊。他選擇了妳、而不是紅蘿蔔。」「為什麼剛剛不告訴我呢？」「我沒有義務告訴妳。我來這裡是為了讓自己開心。看到年輕人受苦，我就覺得很開心。」「太過分了。」「在舞臺上不能毫無意義地撫摸動物。馬戲團裡再小的動作都是一種信號。站上了舞臺就不能打噴嚏、也不能擤鼻子。」

我沒有閒工夫沮喪或開心。接下來我還得教驢子學會回答觀眾出的數學題，走到正確的卡片前。當我站在驢子前，他就會靜止；我站在左斜後方，他會往左斜方移動；站在他的右斜後方，他就會往右斜方移動。利用他這個習慣，一定可以讓驢子走到我要他走的地方。

摸他耳朵時他的頭會左右搖；摸他胸口時他的頭會上下點，我們還運用他這個習慣練習回答是非題。每天從早練習到晚，久違地走在馬戲團基地中，我總覺得看到的每個人長相都好像驢子。看到有人搔自己耳後，我就忍不住去看，很想跟他一起搔，然後又馬上反省，不能這樣隨意撫摸動物。

每天練習結束教授都會把普拉特羅帶回自己家，只有一次練習結束之後。「我們聊聊吧。」他對我說：「普拉特羅跟我都上了年紀，再過不久我們可能都不在這個世界上了。」說的雖然是跟死亡有關的話題，但他的聲音卻非常開朗。「如果我跟普拉特羅都死了之後又來了新的驢子，妳會怎麼辦？我教妳一些到時候能夠自己一個人從零開始訓練的祕技吧。過去我從來沒教過其他人。妳可繼承了我的遺產啊。妳父母親不是馬戲團的人，這對妳來說非常不利，這一點妳應該知道吧？」我逞強不願意點頭。「算了，如果還有這份不肯承認自己不利的倔強，我看妳也不至於臨陣脫逃。」

在我即將迎接二十六歲生日時，我終於以驢子表演出道。不起眼的動物和不起眼的表演，獲得了盛大的成功。

「原來如此。數學遊戲嗎？我們也來試試吧。托斯卡說不定很有數學天分。」說著，曼弗雷德馬上開始製作寫數字的卡片。因為沒有紙張，所謂卡片其實是之前從附近廢墟偷來的三合板。他製作了從一到七的卡片，只有一張背面塗了蜂蜜，一字排開。托斯卡聞著味道走到那張卡片開始舔。「你看她鼻子明顯往上翹，一看就知道在聞味道，這樣不被看穿才奇怪吧。而且熊算數學再怎麼想也沒有說服力。為什麼驢子算數學看起來就很像回事呢？」「會不會是因為過去有人說過驢子能認字呢？你看搗蛋鬼提爾故事裡的驢子，就是用驢子叫聲來設計機關。」「「人類通常用驢子來形容愚笨的人，會不會是因為這樣，所以看到驢子竟然會認字、會算數學，就覺得更有趣？或許我們可以在舞臺上呈現這類相反的比喻。」「說到北極熊會想到什麼？」「冰。」「那跟冰相反的是？」「火。」

跳火圈是猛獸表演的老戲碼，我知道總有一天得面對，但是我跟丈夫都提不太起興致。假如把〈雪姑娘〉改編成音樂劇，讓托斯卡擔任主角也就罷了，但是要讓她穿過火圈，這表演未免太平凡。再說現在馬戲團的財政已經火燒眉睫，其他地方就犯不著再起火了。可是潘科夫根本也沒問我們的意見，就交代秘書從倉庫拿出火圈來，隔天在練習場的角落已經準備好所有的道具。我故意假裝沒看到這些東西，跟托斯卡一起並肩往前走，我們面對面握著彼此的手，開始練習。

太陽下山後，我鑽進被子等待睡夢來臨，終於可以拜訪日日不斷進化的冰雪世界。在那裡沒有赤字、沒有黑字也沒有產業，沒有醫院、沒有學校，只有生物跟生物之間每天互相交換的言語。「我開始寫妳的傳記了。」聽我這麼說托斯卡驚訝地打了個噴嚏。「妳很冷嗎？」「開什麼玩笑。現在北極也出現了本來不應該有的花粉，讓我一直很想打噴嚏。沒有花開的世界竟然充滿這麼多花粉，真是討厭。」「我寫了妳出生時候的事、張開眼睛前的事。但是那裡除了母親跟孩子，還有第三個影子。」「我父親好像想跟家人一起待在家裡，但是我母親覺得很煩，父親靠得太近，她就會發出可怕的聲音把他趕走。」「但熊一般都是這樣吧？」「可是隨著時代的演變，自然也發生了變化。」

熊媽媽的聲音很可怕。雖然知道不會對自己有危害，但還是很可怕。人類有時也會吼出可怕的聲音。即使是一連串單字，實際上發出的卻是吼叫聲。聽的一方也不覺得那是語言，只覺得是吼叫聲，因此也吼了回去。開始彼此吼叫的夫婦之間再也沒有對話，維持著一邊吼叫、另一邊吼回去的模式。我突然想起，父親剛去柏林那陣子的事。當母親快開始吼叫時，年幼的我可以憑直覺察覺到她還沒變成吼叫那聲音裡微妙的尖刺，然後我會哇哇大哭，希望讓母親把注意力轉移到我身上。母親為了安撫我，會暫時忘記父親的存在。但是漸漸地，父親又說了什麼刺激母親的話，母親瞪了他一眼，扯起嗓子又說了什麼，於是父親再次開始吼叫，就像要掀翻餐桌一樣。

但是我不確定這些記憶到底正不正確。從我懂事以來就跟母親兩個人生活，從來沒聊過父親的事。母親一大早出門工作，下午我從學校回家之前她就已經回到家了。她長得很美，但早上總是眼角上挑，下午則是雙頰下垂。我很想仔細看看她的臉，但母親一回家總是馬上背著我開始做家事，不讓我看到她的臉。她的背後印著像毒蜘蛛一樣鮮明的圖案，圖案會配合母親手部動作，在滑順又冰冷的聚酯纖維表面搖晃。我一直在寫自己的事。「妳父親最自豪的是什麼事？」我試著問。「父親跟齊克果來自同一國，他對這一點感到非常驕傲。母親笑著說，小國家同一國的人數這麼少，真羨慕啊。要是我把跟自己同一個國家的偉人都視為自己的驕傲，那可能忙到連吃飯的空閒都沒有了呢。」「怎麼這麼說呢。」「我覺得母親就是因為腦袋太好，覺得無聊，所以她才會逃亡、寫自傳，相較之下我連寫自傳的能力都沒有，只能依靠人類。」「依靠人類也是一種能力啊。我會幫妳寫的，交給我吧。」

腦子裡好像起了一片大霧。不知道接下來該往哪裡前進。「怎麼了？」那不是托斯卡的聲音也不是母親的聲音。「妳喜歡上其他人了嗎？」我終於睜開了眼睛。眼前是丈夫開玩笑的表情，但是看我遲遲沒回答，他立刻面露不安。「到底是誰？妳在跟誰外遇？妳這麼忙應該沒有跟別人見面的時間吧？該不會是馬戲團內部的人？」「別胡說八道了，快點準備練習吧。」「我剛剛就是在跟妳說我的新點子，但是妳完全心不在焉，根本沒在聽。」「我只是想起小時候的事而已。」「怎麼又來了？我們去附近散散步吧。」「走一走說不定腦筋會清醒一點。」

我們往正門方向走，途中遇見了潘科夫。我們看起來大概非常疲倦吧，潘科夫用很不適合他的溫柔聲音說道：「托斯卡是個很適合站上舞臺的女演員，你們一定可以有很好的表演。」他走了之後丈夫說：「潘科夫為什麼要這樣挖苦我們？」他表情凝重：「我再去一趟圖書館。待在馬戲團裡什麼好點子都想不到，總覺得像被封閉起來一樣。我越來越覺得不可思議，我竟然一直活在馬戲團裡。」

丈夫離開之後，我一個人走到托斯卡籠子前盤腿坐下。我不知道他所謂被關在馬戲團裡那種感覺是指什麼。我覺得馬戲團裡什麼都有。不管是童年、死去的人、好友，只要待在馬戲團裡一切都會回來。

我靜靜坐著，像在坐禪一樣，托斯卡或許是覺得無聊，朝向天空仰躺，開始玩自己的爪子。我頸邊感覺到一陣溫熱的呼吸。一轉頭，霍尼伯格站在我身邊。「一個人嗎？」「看也知道是兩個人，加上你就是三個人了。」「曼弗雷德又逃到哪裡去了嗎？我看妳總是一個人，不寂寞嗎？」「別靠近我，你鞋子上都是泥巴，髒死了。你到底去了哪裡？」「去了不該去的地方。」霍尼伯格咧嘴賊賊笑著。

馬戲團基地附近一片泥濘，回家看看自己的鞋，那些汙漬就像地圖一樣，緊緊沾附在鞋子上，看起來就像被踩扁的蛾一樣，讓我覺得很可怕。我試著用車前草的葉子去擦，但還是擦不乾淨。這泥巴有著特別的黏性，又很臭，裡面說不定混了肉食動物的糞便吧。繪本裡的馬戲團一定會有大象跟獅子，我小小心靈光是想到從家裡步行可至的地方就有大象跟獅子就覺得很興奮，連抖落鞋子上的泥巴都覺得太浪費，決定把鞋子藏在陽臺角落。母親每天早上必須搭上五點的公車，所以她四點就得起床，晚上九點之前會入睡。確認母親發出規律的呼吸聲後，我半夜偷偷來到陽臺上，看著藏在水桶後的鞋子，沾附在上面的泥巴讓整雙鞋變成又硬又脆的黃色化石。雖然不至於不能穿，但是稍微輕輕踏步，腳踝就像被剉刀磨到一樣，痛極了，只能大大張開雙腳走路。現在的我看起來說不定就像只在圖鑑裡看過的綠鬣蜥。我很討厭冷血的爬蟲類跟昆蟲。沒辦法，我只好脫下鞋子，順便也脫了內衣。這時，我看到自己的腿上和肚子都長了密密麻麻的白毛。月亮從煤煙般的雲後方現身，照亮我赤裸的下半身。

我好像不知不覺打了盹。醒來時看到托斯卡以自己的右手為枕，蜷成一圈正在睡覺，籠子前的我就像對映的鏡像一樣，也以同樣姿勢躺著。我發現裙襬淫亂地上翻、露出了大腿，連忙拉好裙子，再用手抓了抓頭髮，這時從圖書館回來的丈夫步履輕快地走近。「睡著了？」「好像是。」「剛剛有誰在嗎？」「你說誰？」我裙襬上有個大大的腳印。好像有人穿著沾了泥巴的鞋站上去過。

隔週接連發生了幾個大事件。首先是霍尼伯格說想加入白熊工會。工會嚴禁以種族歧視為由拒絕入會，所以只好接受這詭異的現代智人入會。

霍尼伯格加入工會後隔天就開始做出一些超越其他工會成員理解的行動。他說要讓馬戲團成為股份有限公司，當然這是不能公開的祕密，對外的會計因為要提交給國家，必須搬出另一套劇本來應付，不過可以在內部靠市場經濟來驅動。假如投資股票，這樣就能買到靠現在的預算買不了的道具。買回道具、打造漂亮的舞臺，就能增加觀眾、增加收入。尤其是下一次公演，一定是前所未有的精彩，到時湧入的利潤全都要被官員拿走，叫人怎麼忍受。反正他們也只會自己去高級餐廳，天天吃魚子醬、泡在伏特加的澡缸裡，如流水般揮霍大家辛辛苦苦賺來的錢。既然如此，還不如讓那些流水在流出去之前凍結，投資在下一次舞臺上。當然不只是投資，購買股票的人還可以用配股來買收音機或蜂蜜。聽了之後白熊們都很開心，不知為什麼潘科夫竟也立刻答應了這個危險的提案，白熊們很快就蒐購了所有股票。

「那傢伙到底在想什麼？」只有我們兩人時，丈夫總會想提霍尼伯格的事。看我不搭理他，他又更生氣，不死心的追問：「妳到底是怎麼想的？」我就像是被追到廚房角落的老鼠一樣，只好反咬他一口：「你為什麼對那年輕人這麼在意？難道是因為自己已經沒有他那種精力了？」聽了之後丈夫充血的雙眼發出駭人的光線：「果然沒錯！妳怎麼知道那個年輕人有精力？妳是不是跟他睡過？」「睡過？我要什麼時候跟他睡？你明明一整天都在我身邊啊。」「一定是哪裡出現了漏洞，妳就是在那時間的漏洞裡偷偷見了別人。」丈夫可能從這個時候開始就已經逐漸崩壞了。

老實說，我並不是沒有過談戀愛的感覺。但我很確定對象並不是霍尼伯格。我也不是故意隱瞞，其實我真的不知道自己愛上了誰。小時候開始偷偷去附近馬戲團的時候，我也沒有發現自己愛上了馬戲團。隱瞞母親自己去馬戲團的事，是因為怕她說會弄髒鞋子、不準我去。我在學校交不到朋友、被老師說我有數理天分，這些事我都瞞著母親。「為什麼什麼都不說？」「我也不知道，可能是小孩的本能吧。但是長大之後一定能找到想分享一切的對象。」

不知道為什麼，去馬戲團的事還是被母親發現了，我本來以為會因為鞋子弄髒這件事被罵，但她罵的卻不是這一點。「馬戲團得買門票從正門進去，不可以隨便接近後臺。」

我開始好奇過去從來沒聽過的「後臺」這個地方。既然母親說不能去，顯然一定是個很有趣的地方。

那天放學後我又想去馬戲團，但是去了會弄髒鞋子，又會被母親發現。我絞盡腦汁思考該怎麼辦，最後決定脫下鞋子藏在草叢裡，赤腳接近馬戲團的基地。赤腳走在泥濘中，有種腳底被地下妖怪的大舌頭舔舐的感覺，既不安又有趣。我聞到動物的味道。鼻子替我帶路，我走進由無數拖車形成的迷宮中。一張馬臉突然出現在面前。馬直盯著我看、完全沒眨眼。長長的睫毛讓馬的眼睛看起來很溫柔。地面冒出一股幾乎令人窒息的甘甜氣味，緊揪住我的胸口，讓我心跳加速。這或許是一種性的亢奮吧？這時候馬的耳朵快速抖動，我聽到了腳步聲。

身後有人輕輕推了我的背，轉過頭去，一個塗了白粉的小丑站在我眼前。化完妝可能已經過了一段時間，眼睛周圍的白粉開始龜裂，眼角的皺紋更加明顯，星型淚痕看起來也很髒。我不知道這小丑是男是女，也想不出該怎麼跟對方打招呼，只能輕輕點頭表示歉意，然後快步離開。人的一生當中會遇到幾個小丑呢？這是我人生中遇見的第一個小丑。

隔天我再次偷偷潛入馬戲團。來到馬的身邊。那鼻孔之大讓我讚嘆不已，專注地盯著看。這時，小丑將食指放在嘴唇前，彎著腰慢慢走近。他跟昨天不一樣，只有眼睛周圍化好了妝，嘴唇很薄，剛剃完鬍鬚的皮膚露出青藍色的光澤。他今天好像刻意怕嚇到我，我也按捺自己嚇到全身僵硬的心情，靜靜不動等待著。他來到我身邊，問我：「喜歡馬嗎？」我點點頭，於是他招招手，帶我去了隔壁的拖車。

乾草的香甜氣味搔著我的鼻子，也充飽了我的肺。「要像這樣把乾草切碎，準備馬的飼料。」說著，他抱起一堆乾草豪邁地丟在大砧板上，用一把生鏽菜刀咚咚很有節奏地剁碎，扔進桶裡，提去餵馬。「怎麼樣？想不想來餵馬？明天如果同一時間來，我就讓妳餵馬。」

我就這樣成了餵馬人，每天一放學就興沖沖跑去馬戲團。後來我除了餵馬，還可以替馬梳毛、收集馬糞搬到肥料坑裡。

當我用細瘦的手忙著照料馬匹時，小丑會單手在椅背上倒立，或踩上大球，鍛鍊技巧。我可能是被騙來工作的。但如果真是這樣也無所謂。我有一套自己的經濟理論。只要能摸到馬，一切赤字就會轉為淨利。

馬戲團其他成員也開始會跟我打招呼，雖然我是走後門進來的，但我自以為已經是馬戲團的正式成員，在馬戲團比待在學校感覺更自在。「對了，妳叫什麼名字？」很久之後小丑才這麼問我，在那之前他們都叫我「喂」，或許名字對小丑來說並不重要，又或者他覺得如果知道我的名字就得對我負責，才刻意迴避這個問題。我回答「烏爾蘇拉」，他告訴我：「真是個好名字。烏爾蘇拉這名字來自拉丁文，意思是『小母熊』。」

我回家把這件事告訴母親，她皺著眉頭說：「妳又相信這種胡說八道了。我怎麼會給妳取動物的名字呢？到底是誰說的？」在她逼問之下，我只好承認自己去馬戲團的事。母親似乎早就察覺，並沒有太驚訝，她一口答應，只要我能在天黑前回家就可以繼續去馬戲團。

最讓我心動的是替馬梳毛的時候。馬的皮膚就算流汗還是很乾燥，在可靠的堅硬當中帶有肉體的溫暖。這種快樂穿過手臂，像鯉魚一樣在我身體裡不斷往上游。「小時候我個子小、馬很大，總是得抬頭仰望，但這一點現在也是一樣呢。」托斯卡那對漆黑眼睛和鼻子在雪景中清晰地浮現出來。三個黑點連成一個三角形。白色身體在雪地裡成了保護色，完全看不見，但只要看到這三個黑點就知道那是托斯卡，於是我朝著那個方向開始說話。「但一直回憶小時候的事也沒什麼意義吧。」「我母親說，不是要回憶小時候的事，而是要想起成為小孩之前的事。」「我想讀妳媽媽寫的自傳。」「已經絕版了。在北極所有書籍都絕版了。那裡連印刷機也是冰塊做的，但機器融化了。」托斯卡淒然站起來，想往前方走去。她胸部單薄，這樣顯得優雅的脖子更修長、前腿看起來也更短了一些。「等等。」

「怎麼，妳又在說什麼夢話？」丈夫狐疑地看著我。他可能是為了掩飾自己因為嫉妒妄想引發的神經衰弱，所以跟周圍宣稱我經常說夢話、陷入幻想。連潘科夫也都來到這裡，擔心地看著我：「聽說妳不想做和火有關的表演，該不會是妳對舞臺的熱情之火已經熄滅了吧？」我回答他：「被嫉妒燃燒殆盡的應該是我丈夫。請你想想辦法吧。太熱我實在受不了，只好躲進雪地裡。在雪地裡只要看到三個黑點，我就知道那是托斯卡的眼睛和鼻子。」潘科夫聽了大笑：「要是在晚上看到三個光點，就表示有火車靠近了。妳該不是打算臥軌自殺吧。總之，要好好休息啊。」

丈夫沒來由的嫉妒越發強烈。我跟托斯卡練習鞠躬時如果霍尼伯格走進來，他就會說我在「拋媚眼」，還會推我一把。這時托斯卡便會發出危險的低吼聲，嚇得霍尼伯格瞬間臉色蒼白。丈夫毫不遲疑想把我推倒。「快住手！」霍尼伯格低聲喝止，抓住丈夫的手臂將他拉到角落。「你憑什麼拉我！」「熊都已經那麼暴躁了，這麼危險還看不出來嗎？」

有一天我們三個被叫到潘科夫的房間。本來以為要挨罵，但並不是。「聽說下個月克里姆林宮那邊會來正式拜訪。如果可以，希望第一次登臺表演能在那之前，確認不會失敗後再來迎接貴客比較保險。畢竟這不是什麼獻祭儀式，他們應該不會想看到烏爾蘇拉在俄羅斯人面前被熊吃掉。」潘科夫面色凝重，但霍尼伯格臉上卻掛著從容的笑意：「別擔心。練習已經完成，烏爾蘇拉和托斯卡之間建立了真誠的友誼。他們會正常出現在舞臺上，鞠躬行禮。然後一起吃同一個袋子裡的餅乾，從同一個壺裡將牛奶倒進兩個杯子裡喝下。接著烏爾蘇拉會讓托斯卡戴上一頂時下流行的帽子，穿上背心，兩個人一起站到鏡子前。她們是常見的閨中密友。這樣就夠了。真正的友情就是如此，即使沒有戲劇性起伏，也足夠感人。」「友情這個主題確實不錯，但是以表演來說似乎稍嫌平淡。」「這一點您不用擔心，如果其他九頭熊在後面的太鼓橋上一字排開，光是這樣就足夠有震撼力了。一頭重五百公斤、總共四千五百公斤。小小的烏爾蘇拉手裡拿一條鞭子，面對像日本那什麼來著？相撲嗎？對對對，看她隨心所欲地操控重量相當於二十多個相撲選手的兇猛野獸。這不是很厲害嗎？」曾幾何時，霍尼伯格不再是那個離家青年，而開始像潘科夫的代理人一樣，居高臨下看著我們。霍尼伯格個子比我們高得多，但這時丈夫似乎也覺得不能就這樣乖乖聽命，他挺直了背、伸出下巴，用比平常更大的聲音反駁道：「等等，你剛剛說九頭白熊在身後排成一列是什麼意思？那罷工呢？」霍尼伯格依然保持冷靜：「他們也同意參加明天的練習。罷工結束了。」「你接受了他們所有要求嗎？」潘科夫察覺到眾人的目光都集中在他身上，默默低下頭。霍尼伯格越來越得意：「不、不是這樣的。根本沒有這個必要。白熊他們買下股票、收回了要求。如果有持股就不再是單純的僱傭關係。我告訴他們現在你們也是資本家，沒有罷工的權利。」

丈夫不高興地瞪著霍尼伯格包在牛仔褲裡的窄腰：「你用卑鄙的狡猾智慧，欺騙了單純的動物。簡直是人類之恥。」我看到丈夫肩頭長出一股像傘蜥蜴領子般的殺意，我把手放在他肩上輕撫，企圖去除那些殺意。丈夫甩開我的手，轉而瞪著我：「妳站在他那一邊？」我再次把手放在他肩上，但是感受到了殺意，不禁將手收了回來。既然情勢緊繃到這個地步，不如把話說清楚，於是我告訴他：「你嫉妒是因為你以為我們有性關係，但那都是你自己空穴來風的幻想。」丈夫和霍尼伯格都顯得很驚訝，好像第一次知道這件事一樣，他們同時大叫：「妳說什麼？」潘科夫嘆了一口氣：「烏爾蘇拉果然生病了，妳最好快點去看醫生。」留下這句話後他就離開了。

這不是我第一次看精神科醫生。當我完成義務教育、決定不再升學去當幫傭時，我開始苦於自己對有錢人屁股的幻想，去看了醫生。用畚箕撿起馬糞再埋進土裡這份工作我並不以為苦，但光是想像得幫有錢人清洗他們露出流著汗的大屁股坐著的馬桶，就讓我渾身不舒服，走在路上那屁股好像會追在我後面。再怎麼加快腳步，或者跳進人群中隱藏自己，屁股還是會追上來。我跟母親提過這件事，她說是我想太多。「一直想那些不存在的東西也沒有意義，先想想存在的東西吧。」不存在的東西，是指什麼呢？

母親並不是一開始就打算讓我當幫傭。如果能成為學者，一直思考不存在的事物一樣可以維持生活。我成績不錯，導師建議繼續升學，但我堅定地拒絕了。母親從班導口中知道這件事後相當沮喪，她撐著臉頰在廚房餐桌前坐著，手中端著茶，一動也不動。她雙眼凹陷，皮膚也黯淡無光。當時應該沒有太多母親會想讓女兒接受高等教育。我已經想不起自己為什麼那麼討厭上大學。其實我會偷偷閱讀跟馬有關的書，夢想能成為動物學家，也讀過《西頓動物記》（*Wild Animals I Have Known*），希望能成為作家。「為什麼事到如今才後悔沒去上學呢？」托斯卡突然問我：「馬戲團就是妳的大學吧。」

這麼說也對，所以現在這樣很好。不管我人在哪裡、在做什麼，有錢人的大屁股都會追在我身後，讓我一刻也無法喘息，我只好去看醫生，醫生輕描淡寫地說：「妳這是神經衰弱，多休息就好了。」讓我拿了點藥回家。

但也不知道是醫生開錯了藥，還是我體質奇怪，一吃藥我就不顧一切想去馬戲團工作，和母親發生激烈的爭執，直接離家出走。或許這樣也好。把爭吵的憤怒當作燃料，衝去馬戲團。當時已經是傍晚，團員們正圍成一圈喝啤酒，一看到我立刻邀我一起，可是當我要求成為團員時，每個人都面露難色。眼看我快要哭出來，一位長鬍子的老人拍拍我的肩：「對於在馬戲團出生長大的人來說理所當然的生活方式，在工人子女眼中可能完全無法理解或忍受。當然，馬戲團也有馬戲團的生存智慧。可是這些在書裡是學不到的。所以一般市民無法成為馬戲團團員。就像獅子永遠不可能變成老虎是一樣的道理。妳應該去城裡找份工作。」看到我放聲大哭，一個名叫康奈麗雅的走鋼索女人站起來：「我帶她去鎮上，問問安德斯先生那邊有沒有工作可以給她。」聽說安德斯先生是馬戲團狂熱粉絲，現在在電報局擔任課長。我拚命追在腳步飛快的康奈麗雅後面跑，前往安德斯先生的公寓。

康奈麗雅按下門鈴，一位體格結實的男子伴隨一陣陌生氣味從屋內走了出來，一看到我們他眼睛立刻開心地瞇成一條線，邀請我們進屋。這是我第一次進入有錢人家裡，包圍在皮沙發和有金屬鑲嵌裝飾的櫸木櫥櫃當中，我緊張到全身僵硬。銀盤上的冷牛肉、麵包和水果，擺盤得像油畫一樣美。康奈麗雅保持微笑，像拋球遊戲一樣巧妙地將字句丟出又接下，期間還不時對我使眼色。對方似乎完全陷入她的掌控，最後一口答應會給這個來歷不明的少女安排一份工作。

就這樣，我沒能進入馬戲團，但再也不會被有錢人的屁股追著跑。一聽說我確定能去電報局工作，母親開心極了。她深信進入電報局工作就等於成為「國家公務員」。而國家公務員是跟馬戲團團員剛好相反的嚴肅職業，可是過了很久之後，連馬戲團也國營化，到了那個時代不管是我這種馴獸師或者小丑，都成了國家公務員。

「明明答應要寫妳的故事，但我一直在寫自己的事，真抱歉。」「不要緊，先練習怎麼把自己的故事寫成文字吧。這麼一來靈魂才會變空，留出空間讓熊進去。」「妳打算進到我裡面？」「對啊。」「好可怕喔。」我們同聲笑了。

我展開了身為國家公務員每天騎自行車送電報的工作。短短一個月後，我的大腿和小腿的肌肉都肉眼可見地變得相當結實。之後漸漸習慣，光是騎車覺得很無趣，開始在工作時練習車技。

一天，有個路人看到我一邊騎車一邊練習倒立，告訴我得用特別的自行車才有可能倒立。我正想問他為什麼知道時，他人已經不見了，但這時候我第一次意識到，我是有觀眾的。無論在哪裡練習，只要有一個人在場，那就不是幻想、而是練習。總有一天我或許可以等到真正的表演。

我越練越起勁，但是有一天當我直接騎自行車下石階時，電報局長的親戚恰好路過看到了，之後他向上級報告，讓我被狠狠罵了一頓。當時自行車是很貴重的物資，他大概是擔心車子萬一壞了很麻煩吧。當他對我怒吼：「這裡可不是馬戲團」時，已經很久沒想起的馬戲團再次出現在腦中。沒錯，電報局不是馬戲團。我想起自己真正的願望其實是在馬戲團工作。

可是我還沒來得及回到馬戲團，戰爭就爆發了。「北極沒有戰爭，真好。」「雖然沒有戰爭，但還是會有人帶著槍來北極。毫無理由地用那些槍射殺生物。」「為什麼？」「我也不知道。聽說人類有一種狩獵本能，但我也搞不懂狩獵本能是什麼。」「我猜應該是從前人類為了生存需要做出的行為，現在雖然已經失去意義，但是還保留著動作本身。人類可能只是這些動作的集合。現在人已經不知道什麼才是生存真正需要的動作，空留一堆類似記憶殘骸的動作。」

戰爭期間父親回過一次家。我看見一個男人在屋前徘徊，心想「不會吧？」結果還真的是。他用眼神示意我跟著上來，於是我跟著他走到河邊，在那裡坐了下來。他拿香菸的手指染成了黃色。「我是被打大的，所以養成了殺動物的習慣。小時候抓了貓拿刀子刺，發現自己的心確實不會有半點驚慌，覺得很安心。後來越來越嚴重，還殺了一匹軍馬。大家都以為我殺軍馬是因為反對戰爭。」回家告訴母親這件事時，她反而責怪我：「妳爸怎麼可能還活著。這種話在外面別跟其他人說。」電報局停業，我沒了工作，回到母親身邊跟她一起在軍需工廠工作，在家我會幫母親一起做飯、洗衣。戰爭期間路人的臉孔看來都很凝重，假如兩個人晚上在街頭相遇，會先快速彼此打量，判斷是不是該殺掉對方。一旦發現持槍穿制服的男人，即使知道那是自己國家的士兵，大家心裡不僅希望被射殺的不是自己，更覺得如果其他人被射殺、自己就可以免於一死。他們被迫飢餓、被迫憎恨，冬天一來臨，就會被飢餓和寒冷拖著走，總是只能瞪著地面不耐煩地走著。因為營養不良而皮膚龜裂、眼睛發炎、不斷咳嗽。母親不斷勸我：「別再提起妳爸，假如有人問起，就說妳嬰兒時期父親就離家了，什麼也不記得。」

我發現鄰居偷偷交換的視線中，藏有一種我看不懂的語言。我總覺得萬一背上被貼了隱形貼紙，一切就完了，所以走路時總是頻頻往後看。如果背後被貼了貼紙，我就會被帶走，面對牆壁被蒙住眼睛槍殺。「說什麼傻話，妳怎麼可能會被槍殺。」我聽到母親這麼說。不過我當然也可能被殺。每個人能活下來，都有一半的偶然。母親曾經問我：「妳沒參加什麼在地下聚會的奇怪運動吧？」但我對政治真的很不了解，關於抵抗運動也一無所知。

德勒斯登大空襲中，所有建築物都倒塌，化為成山的瓦礫。我和母親一起疏散到變成避難所的工廠裡。到了晚上，窗框微弱地反射著月光，大家的汗味越來越濃。

我在路上看到過燒焦的鐵塊，心想，那會不會是自行車的屍體。我在鎮上撿磚頭賺點零錢，可是卻很難找到能用這些零錢兌換的食物。記得我們後來只能到郊外親戚家寄住，幫忙農務。他們家種了很多現在已經很少看到的一種蘿蔔，叫蕪菁甘藍。

電報局終於重建，但所有管理階層都換人了，就算去拜託也求不到工作。我請母親的舊識讓我去幫忙打掃、購物，我還幫忙鎮上清理堆滿整個城市的磚頭，拿到一小筆工錢。「為什麼會這麼孤單？」我在冰雪綻放藍光的夢幻風景中，對托斯卡這麼說。「怎麼會孤單呢。妳還有我啊。」「但是只有我相信我在和妳說話，也許這都是我的錯覺。進入馬戲團之前曾經有一場戰爭。但是沒有人願意聽馬戲團之前的故事。大家都只會問我，是在什麼樣的機緣之下加入馬戲團的。所以我會從小時候在薩拉沙尼馬戲團幫忙的事說起，然後跳到二十四歲時以清潔工身分加入布希馬戲團的事。沒人想聽這中間的戰爭。沒人想聽的故事像洞穴般開了一個口，我被那個洞口吞噬、消失了。」「我不是在聽嗎。」「那可能只是我自己的妄想。要怎麼才能確認這真的是妳？」

某處傳來狗叫聲。「有錢人就算所有財產都在戰爭中被燒毀，戰後還是能重新變成有錢人。不覺得很奇怪嗎？」這不是托斯卡的聲音，是一個精力充沛的青年嘶啞的聲音。他養的狗叫腓特烈，一看到我就會撲上來跟我玩。「戰爭不會消除階級社會，戰後過了一段時間，貧富差距又會更加擴大。所以我們必須在戰後立即革命。」那個青年名叫卡爾。他在街上跟我搭訕，後來我們成了朋友，熟到會去他家玩。

卡爾家已經修復完成，可能是因為沙發跟床都沒燒掉的關係，家裡有很多氣派又古典的東西，只有書架上的書是新的。我注意到一本有鮮紅書背的書，抽出來翻開看看，還沒看完一行就從後面被抱住。卡爾雙手握住我營養不良好不容易剛剛開始膨脹的乳房，開始大膽揉捏。我正想轉頭，卡爾迅速將手往下移，捏住我肚子，同時用他像夾子一樣硬的下巴壓住我肩膀。

「那可不是嚮往愛情、慢慢墜入愛河，羞澀地初次接吻那種感覺。簡直是晴天霹靂。」「如果懷孕，就正中自然的下懷了呢。」「自然難道只對細胞分裂感興趣？人類的想法都無所謂？第一重要是繁殖、第二重要還是繁殖。」「在那之後妳每天都見到卡爾嗎？」「我們馬上吵架了。」「為什麼？」「我也不記得。好像是我在跟腓特烈說話，他叫我別說話。」

之後我發了高燒，昏迷好幾天。母親把裝冰的袋子放在我額頭上，遠遠可以聽到她跟醫生窸窸窣窣說著話，接著，我的意識擅自飄到很遠的地方去。一片眩目白色覆蓋的平坦土地上，我瞇著眼凝神望去，有時好像看到類似雪兔一樣的東西跳過去，但等我跑過去時，每走一步光線都會改變角度，否定掉之前看到的東西。

夾雜著雪的強風吹來，但一點也不冷。地面凍得很結實，就像磨砂玻璃一樣。可以看到海豹和他的孩子在冰下游泳。

歷經一段長途旅行，醒來時感覺身體裡充滿不平衡的青澀活力。我掀開被子、穿上鞋，不顧母親的阻止直奔鎮上的鬧區。儘管我搖搖晃晃腳步蹣跚，但是有風扶著我的手臂，我並沒有跌倒。眼前看見了廣告塔，上面貼了花瓣般的海報，我停下腳步。那是布希馬戲團的公演海報，看看日期，剛好在前一天結束。有人將自行車停在廣告塔前，沒上鎖。我跳上那輛自行車不顧一切用力踩著踏板。油菜花覆蓋了整片城市郊區，我看到遠方一長列拖車車隊，正慢慢駛過那片黃色花海。

我激烈地喘氣，使盡全力踩著自行車。轉動著想像中的車輪，貪婪追趕著幻燈機映在腦中螢幕上的情景。騎到自行車幾乎要解體，我終於追上了馬戲團，隔著窗子詢問坐在最後一輛拖車上的人：「你們要去哪裡？」男人回答：「去柏林。」「要去柏林表演嗎？」「對啊，柏林是全世界最大的都市。妳去過嗎？」一聽到柏林這兩個字，我滿心激動。不如就這樣騎著自行車到柏林去？天黑了。「再不回去就要下雷陣雨囉。」抬頭看看天空，大顆大顆的雨滴掉進了眼睛。「請帶我去柏林。」「這也太突然了。等我們下次來的時候再帶妳去吧。」「但那要等到什麼時候？」「妳就安心地等吧。」

回過神來，發現我躺在自己床上。隔天早上母親告訴我，我兩天前就開始發燒昏迷，一次也沒醒過。「還是去看醫生吧。該不會又生病了吧？妳最近很奇怪。」我以為說這句話的是我母親，原來是我丈夫。「是嗎？哪裡奇怪？」「跟妳說話都不回答，眼神也很奇怪。」丈夫自己變得很奇怪，卻硬說是我變得奇怪。

當時我騎著自行車追趕出城的馬戲團確實是一場夢，但隔了一週我去廣告塔一看，那裡確實貼了馬戲團的海報，而且表演最後一天也的確是我做夢的前一天。我怕母親擔心，沒把這件事告訴她，仔細想想，孩子在成長過程一直努力盡量不告訴父母任何事，而為人父母即使自己鼻子沒了，也會在孩子面前戴上口罩，謊稱只是感冒了。大自然到底是出於什麼考量才賦予我們這些本能呢？「你說我不能跟狗說話，但我又不是在跟蟲子說話。人類和狗都是哺乳類動物。為什麼不能跟狗說話？」卡爾生氣地說：「狗和人類完全不一樣！狗只是一種比喻。」卡爾很喜歡比喻這種說法，當我說想在馬戲團工作時，他也輕蔑地說：「馬戲團只是一種比喻。因為妳沒讀書，所以會覺得一切都是真實的。」然後丟給我一本巴別爾（Isaak Emmanuilovich Babel）寫的《紅色騎兵軍》（*Red Cavalry*）。在那之後我沒再見過卡爾，沒機會把書還給他，那本書一直在我書架一角，向我投以怨恨的視線。我跟卡爾再也沒有見面，但我相信馬戲團總有一天會再回來。

「妳在等他對吧？但是他再也不會回來了。」我一驚，抬起頭，看到丈夫咧著嘴對我笑。「我把他關在廁所裡，他再也出不來了。」我擔心霍尼伯格會不會真的被他關起來，急忙跑去廁所，正好看到潘科夫一臉滿足地走了出來。「怎麼了，這麼緊張？」我問他霍尼伯格在哪裡，他指著另一邊：「不是在哪裡嗎？」站在那裡跟人開心聊天的確實是霍尼伯格沒錯。

我丈夫的神經已經磨損得很嚴重、幾乎要斷裂，我很擔心假如他的神經真的斷掉，可能會殺掉霍尼伯格。小時候我曾經反覆做同一個惡夢，夢見我拚命想阻止狗跟貓互相殘殺。殺意盤旋飛昇到眼睛看不見的空中，翩翩轉身、彼此鼓勵，引誘對方步入死亡。我的使命就是以第三者的身分參與這場舞蹈，改變流向。當我還是嬰兒時，腦子裡想的都是這些事。我並沒有用現在的語言去思考。我用的是在這之前的語言。

我把剛出生的孩子託給母親照顧、不去接她，其實不是因為工作忙碌，而是因為不想讓孩子看到丈夫殺人的樣子。丈夫要殺的是我、不是霍尼伯格。也說不定被殺的是我丈夫。

假如這時候我確實「想清楚」，就會知道我丈夫會怎麼死。但沒有人能在活著的時候有時間「想清楚」。假如確實想清楚，可能二十年前就可以預測到牆會倒塌、生活也會崩解。東德死了，我丈夫也死了。

寫到這裡我抬起頭，潘科夫拿出一本嶄新的厚筆記本遞到我面前。「這是禮物。妳別再用那些珍貴的紙了。」自從蘇聯送來北極熊這份禮物之後，這還是潘科夫第一次用「禮物」這兩個字。我道了謝，翻開筆記簿，繼續在這看來無趣至極的灰色再生紙上寫字。

不枉我漫長的等待，一九五一年，到處都張貼了布希馬戲團的海報。當時還沒有刊登彩色照片的雜誌，在缺乏色彩的黯淡日常中，只有馬戲團海報帶來幾乎叫人窒息的濃烈色彩。光是看到這張海報，我的馬戲團就在幻想中揭開了序幕。太鼓和喇叭聲傳來，在迷人聚光燈劃破黑暗切出的光束中，接二連三走出身穿綴有龍鱗般服裝的外星人。他們能飛上天空，也能和動物說話。滿溢的興奮，掌聲和歡聲，把天空都炸出了裂痕。

公演開演還有三天、還有兩天，終於就是明天、就是今天了，再過兩小時、一小時，大幕即將拉開。裝著紅蘋果般鼻子的小丑走上臺，搖搖晃晃繞了舞臺一圈，一會兒跌倒一會兒翻跟斗。馬戲團有馬戲團的真實。看起來不會走路的人其實運動神經最好，能逗人笑的人其實個性最嚴謹認真。說不定我也能飛上天空。一個有著修長雙腿的女人身穿灑銀粉的紅色衣服出場，她爬上從天花板垂下來的網子。一身白色緊身服裝包裹著肌肉、黑色胸毛從領口探出的男人攤開雙手出現在舞臺中央。看著空中飛人的擺動，我的心情變得有點奇怪。好像被催眠了一樣，我恍惚地從座位上起身。坐在後面的人生氣地抱怨：「擋住我了！快坐下。」我只好坐下。

空中飛人表演結束後，樂隊演奏的探戈曲調變得很奇怪，舞臺和觀眾席之間有屏風格柵隔開。看到獅子出現時，我再次出現奇怪的感覺，再次恍惚起身走向舞臺。我雙手抓著格柵，臉緊貼在上面，獅子看著我。我身後一陣騷動。在觀眾席待命的一位團員朝我跑來。獅子跑到我身邊，用冰冷的鼻尖推著我的鼻子。

母親來警察局接我時，問我為什麼做這種傻事，我告訴她：「我想在馬戲團工作。」

母親瞪大了眼睛，那天什麼話都沒說。本來以為她一定很生氣，沒想到她後來告訴我：「我現在終於知道妳是真的想進馬戲團。」這次輪到我覺得驚訝了。

讓我有機會進馬戲團工作的其實正是母親。「謝謝。」「不用說謝謝。」母親的手很大。「媽媽的手為什麼這麼大？」「因為我是托斯卡啊。」當時的馬戲團深受大家嚮往，聽說入團門檻很高，即使是已經有表演底子的人也不見得進得去。母親聰明地向對方提議：「請讓我女兒去照顧動物、打掃清潔。不需要薪水。」她就這樣將我推銷給了布希馬戲團。臨別時母親告訴我：「怎麼進去的不重要。只要進去了，人人都能抓住機會。」

第一天我還是參加了形式上的面試，在作為辦公室使用的拖車裡，我坐在團長對面，雪茄的煙霧很嗆。我說了小時候曾經在馬戲團幫忙，還說了一邊送電報一邊練習自行車車技的事。他們問我年紀，我老實地回答二十四歲，團長咧嘴一笑，說了句：「妳等一下」，走出了拖車。

團長出去後馬上進來另一個男人，那長相即使不化妝也知道是小丑，他帶我去了馬廄和倉庫。這個人就是楊。「如果要在這裡過夜，就得跟孩子們一起睡在他們的拖車上，照顧他們，這樣妳也願意嗎？」我點點頭，他帶我去了孩子們的拖車。這裡總共有七個孩子，拖車裡面的毯子和衣服散落一地。

我每天早上六點起床，照顧動物、打掃。洗衣服、照顧孩子、幫大家跑腿，一天就這樣過去了。工作一天後倒在床上。有些孩子半夜會哭醒。

馬戲團經常生孩子，也有很多人喜歡孩子、感情充沛的人，但大家都很忙，沒時間照顧孩子，經常得移動的時期可能沒辦法讓孩子們上學。當時馬戲團預計在這裡停留一年，所以七個孩子裡有三個在鎮上上學。

放學回家後得練習才藝，結束之後會在餐桌前學習。我教那些不懂計算的孩子數學。有時也會聽他們念席勒的故事詩。我開玩笑地問：「不用大人逼你們都會自動自發念書呢，這麼喜歡學習嗎？」他們回答：「因為不想被工人的孩子瞧不起。」

馬戲團孩子們用的教科書叫《巡演者之子專用教本》，這本書編得非常好，不僅可以從任何章節開始、結束，而且不分科目，只要從頭開始用這本教科書，就能依序確實學習讀寫、計算、地理、歷史等重要科目。翻開後記，原來這本教科書的作者是一位住在威瑪的馬戲團研究家，上面寫著，假以時日這個世界上所有職業可能都會像馬戲團一樣具有流動性，他深信屆時這本書的價值會被世人所認同。

確實，馬戲團的孩子們無法帶著大量的教科書到處移動，忙碌的生活也讓他們沒有時間學習太多科目。他們只有一個叫做「學習」的科目。而且也沒有所謂小孩學習、大人工作這樣的分工。孩子既要學習、又得工作。雖然沒有體育課，但每個人從會走路之後就已經開始練習雜技；雖然沒有音樂課，但大家每天都得練習樂器。我現在擁有的知識幾乎都是在這段期間跟孩子們一起學會的。當我讓孩子們脫掉衣服，在外面用水管噴得他們全身是水時，他們立刻會興奮得像小熊一樣。我用大臉盆清洗孩子們的衣服，在樹木之間拉起繩子掛上晾乾。風一吹，衣服有時會激烈鼓動、甚至被飛走。

有一天我在晾衣服時團長剛好經過。「妳很聰明。因為想當明星來拜託我要求加入馬戲團的年輕人多得數不清。但我們正因為沒有足夠人手照顧動物、打理雜務和照顧孩子覺得很頭痛。妳沒有站在自己的角度，而是觀察整個馬戲團、發現了勞力不足的問題，這點真的很了不起。我都想讓妳來當老闆了呢。哈哈哈。」。他雖然稱讚我，其實可能只是因為有免費勞工自動送上門讓他覺得很開心，但這也無所謂。我本來就知道自己被利用了，但我還是想努力工作。

想跟人聊天時我就去打掃，想吃點心時我就去洗衣服。我最喜歡照顧動物，剛開始只負責照顧馬，後來被稱為馴獸大師的男人把照顧獅子的工作也交給我。

糞也有許多種類，馬糞就像是維持著落地時形狀的乾燥物件一樣，有種幾乎可以直接拿去教會奉獻的莊嚴，但獅子的糞便就像是貓糞的怪物，清理的時候如果用鼻子呼吸可能會昏厥，但是用嘴巴呼吸又覺得噁心。

有些時期飼料的分配也很困難，我們會把老鼠籠抓到的老鼠肉保存下來，混入大麥粥裡以防獅子飼料不夠。獅子肚子吃不飽，練習時就會很暴躁，相當危險。每當聽到馴獸大師對我說：「萬一我被吃掉那都是妳的錯。」我就會直冒冷汗。

有時我也會去肉品加工廠要來快腐爛的肉。每次幫馬剁乾草時我都覺得很不可思議，明明只吃乾草，他們怎麼能跑得跟風一樣快呢？假如吃乾草就可以，那為什麼又有動物要選擇吃肉這種辛苦又危險的路走呢？一邊工作一邊思考著這些事時，身後傳來一個聲音：「在想什麼？」是楊。我老實地告訴他剛剛的想法：「我在想這個世界上為什麼會有肉食動物，光吃草不是比較正常嗎？」「要在大自然裡找到足夠的草很不容易。必須要一直移動、整天都在吃東西才能來得及。」「所以肉食動物是因為厭倦了這種生活，才開始吃肉的嗎？」「其實熊本來也是草食動物，但是妳看看北極熊吧。他們只能抓海豹吃啊。畢竟北極幾乎寸草不生，地上也沒有任何果實。要抵禦寒冷、儲存足夠脂肪，好讓冬眠期間連續幾週都不吃東西還能生下寶寶持續哺乳，就只能吃脂肪肥厚的肉了。我想這就是他們從草食動物變成肉食動物的原因吧。海豹很難捕，味道可能也不好吃。但他們就是靠吃海豹才勉強能活下來。吃是一件很殘酷的事。所以我討厭所謂的美食家。因為他們掩飾了吃的殘酷，把飲食偽裝成美好的事。」

當我晚上偷偷在基地裡挖洞掩埋糞便、晒乾老鼠當飼料、替發燒的孩子煮藥草讓他們喝下時，會覺得我們的生活好像已經脫離都市文明生活，也脫離了社會主義的體制。戰爭已經結束很久，城郊紛紛蓋起現代化的集合住宅，聽說再過不久電視就會普及。在這樣的時局中，唯有馬戲團打造了一個跟周圍隔絕的孤島。

「妳之前跟驢子普拉特羅的表演很成功，還去過西班牙對吧？」剛跟曼弗雷德結婚時，他多次羨慕地這麼說。「是啊，不過那是公演旅行，我沒去觀光，也沒什麼興趣。我們白天練習、晚上得表演。」「但妳會在餐廳吃義大利麵或海鮮飯這些東西吧？」「沒有，我吃自己帶去的麵包、泡菜罐頭還有匈牙利臘腸。」

我也感覺到在西班牙的表演很成功，可是我並不知道那不起眼的驢子表演竟然在報上大受讚揚。這件事團長知道，他可能怕我這個一夕成名的後起之秀太過得意，一直沒告訴我。

一天晚上我口渴醒來走到外面，看到空中飛人的女孩正坐在晾衣場一張簡陋塑膠椅上乘涼。確定周圍沒有人後，她招招手要我坐到她身邊。「『充滿女人味的身體曲線和金髮勾勒出的認真無邪臉龐，魅力無邊』。報上這樣形容呢，妳知道這是在說誰嗎？」聽她這麼說我思索片刻，漲紅了臉。「就是妳啊，西班牙報紙上這樣形容妳呢。在驢子國度的人面前表演驢子秀，還被大家讚美，真是太了不起了。我媽媽是古巴人所以我會說西班牙文。妳知道什麼是拉丁式的熱情嗎？」我不知道她為什麼突然這麼問，她開口邀請：「我教妳跳探戈。下次我們飛去阿根廷，靠探戈來享受喝采吧。」她輕摟我的腰，配合她哼唱的探戈旋律，模仿著舞步。

跳著跳著我不小心絆倒，跌在地上。我就像隻被剝了皮的粉紅色兔子一樣，被她從頭、從尾巴、從屁股、從肚子輕輕摸著、揉著，我這才回過神來。真的可以一直這樣下去嗎？「感覺有點冷，進去吧？」我正想逃走，她說：「即使在北極那麼寒冷的地方，舌頭依然這麼燙呢。」說著，一條極粗的舌頭鑽進了我嘴裡。

空中飛人的女孩教會我那種能讓時間暫停的吻之後，我再也沒有遇過其他女人。但每當回想起她的長相，就覺得似乎能抓到什麼東西。我知道團長正在煩惱因為驢子表演走紅的我，下一季該用什麼來回應觀眾的期待，所以我決定先下手為強，提出想和猛獸一起練習。馴獸大師很快就答應了。

猛獸訓練最重要的是必須保有企圖心，但又要能隨時乾脆地放棄。勇氣一點也派不上用場。不管再想練習，如果看到豹的臉知道今天不可能，就該果斷放棄。雖然不是說什麼都不做，不過要能斷然放棄自己興致勃勃設計的計畫，是非常重要的。就跟攀登雪山一樣，在榮譽心驅使之下勉強自己，很有可能送命。覺得害怕的日子無論有多想練習，我都不會進籠子。練習天數減少壓力當然會變大，儘管如此我還是會忍耐，讓自己休息。但團長不懂這些，他有時會大罵：「為什麼又不練習了？昨天才剛休息今天又休息？」「看得出來今天豹脾氣不太穩定。昨天是因為棕熊在發脾氣。」這種時候馴獸大師會替我說話，作勢要團長離開。

不過有一天警察來了，把馴獸大師帶走。團長告訴我，他似乎暗中在計劃要逃亡。

甘冒被捕的風險也要策劃逃亡，這種行為我聽起來就像是怪物的名字一樣。團長抱頭哀嘆：「怎麼辦？主管機關找我去逼問了很久。後來我也火大了，說如果沒有猛獸大師只好取消公演，結果他們挖苦我說，不是打算讓新人上場嗎。」「那不是挖苦，是事實。不用擔心，我一個人也辦得到。」「妳才剛開始學沒多久啊。」「大師教過我該怎麼一個人站上舞臺。他說下一季自己可能已經不在了。」團長驚訝地抬起頭，想了一會兒，最後臉上彷彿寫著隨它去吧、都無所謂了。

表演很成功。我知道自己無法完成馴獸大師那種高難度技巧，所以專注於簡單的表演，不過我特別請人製作閃亮的舞臺服裝打造漂亮門面，還下功夫在燈光上，創造出一個充滿奇幻魅力的舞臺。豹子、棕熊、獅子、老虎都乖乖坐在椅子和床上，窗外是燦然月光，猛獸們不時會改變位置，最後再讓獅子表演握手，如此而已，但途中老虎一定會大吼一聲，在大家被嚇到頭皮發麻時，我用力一個揮鞭讓老虎安靜下來，這就是表演的最高潮。其實老虎並不是要威脅人，他在那一刻吼叫只是因為知道現在吼叫就能吃到肉。觀眾屏息靜氣地盯著我和老虎間實際上並不存在的緊張關係，表演結束後，現場響起如雷掌聲。

一名報社記者衝進休息室，漲紅了臉：「一個瘦小的年輕女人竟然能隨心所欲控制這麼多頭大猛獸，真是太厲害了。」原來在別人眼裡我是個「瘦小的年輕女人」。想想也是理所當然，但我自己從來沒這麼想過。看到報上「隨心所欲操控猛獸的美女」這篇報導時，「猛獸」這個字眼讓我覺得不太習慣。我甚至早就忘記了有「猛獸」這樣的詞彙了。

表演很成功，我告訴團長想解散猛獸，只保留獅子的表演。儘管只有短短時間，我的願望實現了。假如那張照片沒有留下來，我可能都忘記和母獅子們共度的那段短暫的和平時光。快樂的事情很容易忘記。也不知道是誰拍的，照片裡我和五頭母獅子各自躺在沙發或在椅子上打盹。獅子的表情比家貓還要平靜，就像在說，不想再辛苦工作了，現在只想好好休息，有那個興致時再來玩玩藝術吧。

但別再談獅子了。只要熊還在，獅子就沒什麼值得說的。如果獅子是萬獸之王，熊就是萬獸統領。獅子的時代結束了。比起十頭北極熊排成一列的壯觀場面，其他哺乳類動物都相形失色。

再五分鐘就要開幕了。我興奮得坐立難安坐不住，屁股一會兒左邊一會兒右邊，挪動好幾次。小丑不斷調整他的背心，導演則用他顫抖的手直接拿來一瓶伏特加對嘴喝了起來。新來的樂手數度重新握緊小號，額頭上滲著大顆大顆的汗珠。音樂開始了，七彩燈光撫過舞臺。曼弗雷德似乎很驕傲這個受大家崇拜的女馴獸師是自己的妻子，在側臺開心笑著。今天他扮演的角色是無名的助手。其他團員有人冷靜、有人浮躁。想想，我還沒認真看過其他團員的表演。他們像松鼠跳躍在樹枝之間，像猴子一樣攀上繩索，以人類來說技藝已經相當高超，但過去我都不怎麼關心。

我們團隊集思廣益，想出展現平凡生活這個點子。坐在椅子上、躺在床上、打開桌上的罐頭拿點心吃。潘科夫說，馬戲團的意義就在於展現社會主義國家的優勢，我們討論的結果認為沒有什麼能比像這樣正常共同生活、不互相殘殺更美好的事，因此決定在舞臺上描寫這樣的平靜日常。但潘科夫來看練習時，他說這種日常生活太無聊了，要滾大球、要跳探戈。他那麼堅持我也沒辦法。那麼簡單的藝術隨時都能表演給他看。

我和烏爾蘇拉決定瞞著潘科夫和曼弗雷德，在最後表演一個劇本中沒有的橋段。我們兩個自己在夢中練習了很多次。但我還是很擔心，無法確定到底是我一個人在做夢，還是烏爾蘇拉也在做同樣的夢。萬一只有我做了那個夢怎麼辦？一想到這裡，我舌頭上甘甜的預感消失，開始緊張了起來。

終於要輪到我們了。烏爾蘇拉把手放在我的脖子上，跟我並肩踏上舞臺，光是這樣觀眾就開心地熱烈鼓掌。我把腳往舞臺前方伸直，坐了下來。接著我九個同事也被曼弗雷德趕上臺，運動神經比較好的踩在藍色大球上，巧妙地動著雙腿一邊後退維持平衡。其他六頭坐在旁邊的椅子上待命，等著輪到自己。烏爾蘇拉一甩鞭，騎在球上的三頭就會迅速動腳保持平衡、一邊轉身向後，把雪白的屁股朝向觀眾。不知道為什麼，這時發出一陣爆笑，烏爾蘇拉向觀眾深深一鞠躬。我不了解熊的屁股到底哪裡好笑，但現在不是擔心這個的時候。

接著，烏爾蘇拉將曼弗雷德從側臺拉出來的雪橇綁在從旁邊椅子上下來的兩頭熊脖子上，她爬上雪橇甩響鞭子。兩頭熊拉著烏爾蘇拉的雪橇繞了太鼓橋一圈。繞完之後九頭熊一一登上太鼓橋排成一列，配合烏爾蘇拉的鞭聲同時起立。樂隊開始演奏探戈。我馬上起身面對烏爾蘇拉，踏起探戈的舞步。我覺得自己跳得很不錯。跳完之後吃了一顆方糖，和烏爾蘇拉手拉著手一起鞠躬。依照正式劇本，我們本來應該在這時退場。

我很緊張。我看到烏爾蘇拉迅速把一塊方糖放在自己舌頭上。我們果然做了一樣的夢。我放下前腳，調整好位置，在烏爾蘇拉正面站定後，彎下腰、伸長脖子，用舌頭捲過她嘴裡的那顆糖。觀眾席響起一陣騷動。

幸好這一幕逃過審查，得以重複表演。報紙紛紛以此為標題，馬戲團新印刷的海報上也出現了「死亡之吻」這樣的宣傳句。門票連日售罄，東、西德其他城市陸續捎來邀請，「死亡之吻」甚至還去了美國和日本表演。

在海外演出時發生了一些意料之外的問題。美國由於衛生法的規定，可能得刪除掉接吻的場面，讓主辦單位嚇得面色鐵青。畢竟大部分人都是因為想看接吻場面才買票的，而衛生局竟然找碴說我身上很多蛔蟲，我才想告他們妨害名譽呢。每種動物身體裡都會有最適合自己健康的蛔蟲數量，會去挑剔其他人蛔蟲數量多寡，就證明人類已經喪失管理自己健康的能力。

主辦單位的負責人吉姆說，錯不在衛生局，其實是某個害怕接吻場面的極端宗教團體去威脅衛生局。這個團體寄來的信寫道：「和熊發生性關係據說是古代邪教徒日耳曼民族的想法。」「馬戲團是給小孩看的，不是色情片。」「共產主義圈的頹廢文化是對人類尊嚴的傷害。」每個國家都有想像力激進的人，但說到性關係再怎麼想都太誇張了。色情只存在於成年人的腦中。實際表演時孩子們都瞪大了眼睛合不攏嘴，看了真的很開心。去日本表演時我們還收到很多信：「日本天氣濕熱，穿著玩偶裝表演的各位一定很辛苦，但孩子們都看得很開心。謝謝你們。」他們不相信我是真的熊。真是慶幸當時沒有人闖進休息室要我脫下衣服。

美國的報紙上出現了大幅烏爾蘇拉的照片。在西德的公演還算很成功，但是觀眾當中有很多大人自始至終都面色凝重。每當在西方國家的公演結束回國，就會有人露出奇怪的笑容：「喔，妳沒有逃亡啊。」烏爾蘇拉抱著我的脖子：「怎麼可能自己一個人逃亡呢？對吧。」

吃了漢堡嗎？喝了可樂嗎？吃了壽司嗎？看到藝伎了嗎？許多人都會問起烏爾蘇拉關於遙遠國度的各式見聞，她只是冷冷地回答：「馬戲團就是一座島，這座島不管漂流到哪裡、走得再遠，我們都不會離開這座島。」實際上在國外公演的時候每天忙著練習、公演、拍照、採訪、移動，除了買伴手禮的一個小時之外沒有其他自由時間。也有很多團員吵著要看伴手禮。烏爾蘇拉在日本一個叫淺草的地方買了上面有櫻花飛舞圖案的花俏浴衣。我也很想要浴衣，可是除了白色保護色以外，穿上其他顏色我都覺得很不安。我問店員有沒有全白色的浴衣，對方很驚訝：「是要參加幽靈大會嗎？」聽說在日本不只白熊的鬼魂，連人類的鬼魂也會穿白色衣服。

說到日本，在海報上看到「東德的俄羅斯大馬戲團」這個標語時，覺得不太高興。聽到我抱怨這聽起來像是「俄羅斯的替代品」時，口譯生熊哥雅告訴我，六〇年代俄羅斯的馬戲團被稱為「大馬戲團」，曾經來過東京很受歡迎。「這樣寫是為了表示七〇年代的我們是更上一層樓的出色馬戲團。絕對不是替代品。但妳應該也出生在俄羅斯吧？」我立刻回答：「不，我出生在加拿大。」可是說完之後我意識到，我跟自己出生的國家之間幾乎沒有任何關聯。

烏爾蘇拉心中似乎把我跟她在六〇年代第一次接吻那頭熊重疊在一起。這也難怪。畢竟我們都叫托斯卡，而且一九八六年出生在加拿大、在德國統一之前來到柏林的我，簡直像是那個托斯卡投胎轉世一樣，不管長相、體型都十分相似，最重要的是連味道都很相似。沒有人發現德國即將統一，但是空氣中閃爍著叫人浮躁不安的春天預感。我覺得腳底很癢。假如黨員們也繼承了古代民族的智慧，知道找熊來預測共同體的未來，那他們應該會來到我面前，滿懷感恩地分析我說出的「癢」這個字吧。這麼一來，即使不會想到「統一」這兩個字，也可能會想出其他更適合的詞語來形容兩國間的關係，例如接管、同居，或者領養。

在這段動盪不安的時期，烏爾蘇拉一天會有兩次在柏林的遊樂園登臺表演，每次都能贏得如雷的掌聲。跟她同年齡的人都已經開始悠閒地靠領年金過活，而烏爾蘇拉還是每天早起，仔細地畫出一張符合北極女王的臉，雖然預算縮減，她還是穿上靠關係弄來的精緻服裝站上舞臺。第一場演出結束後，她蜷在休息室的沙發上，睡得不省人事；第二場演出結束後，她吃下成山的義大利麵，仔細洗完臉後就寢。表演內容簡單地說，就只有跟我接吻。七〇年代的舞臺有其他九頭熊滾大球、拉雪橇，最後托斯卡和烏爾蘇拉跳完探戈，以親吻結束表演，整體就像一齣戲，但現在只剩下親吻而已。

烏爾蘇拉跟我面對著站著，嘴唇輕輕張開。那個瞬間她的喉嚨在黑暗中敞開大口，我可以看到她的靈魂在深處燃燒。每次接吻，就會有一點人類的靈魂流進我身體裡。人類的靈魂並不如謠傳中那樣浪漫，幾乎都是由語言所組成的。而且不是一般我們能理解的語言，多半是破損的語言碎片，或者沒能成為語言的影像和原始文字的陰影。

德國統一之後，彷彿就是因為這樣，曼弗雷德在烏爾蘇拉面前被阿拉斯加棕熊殺害。在那之後我們繼續死亡之吻的表演。起初烏爾蘇拉會張大嘴巴、伸出舌頭，但習慣之後即使她幾乎沒張嘴，我也能看見她口中黑暗裡發出的白色光芒。要是不快點拿走，每一分每一秒方糖就會漸漸融化在舌頭上。每次表演烏爾蘇拉也都嘗到了甜美的滋味。我曾經覺得很疑惑，是不是因為太累了，烏爾蘇拉的臉頰下垂，嘴巴開口的形狀變得不太一樣。牙醫在烏爾蘇拉嘴裡鑲上一顆金牙時，那顆金牙在她口裡閃閃發光，我看了很害怕。一九九九年，聯合馬戲團解散，烏爾蘇拉就這樣被逐出她工作將近五十年的馬戲團業界。聽說我要被賣到柏林動物園時，她自此臥床不起。當時我還年輕，沒被時代的變遷擊倒，我開始使用電子郵件，買了一臺電腦，我也建議烏爾蘇拉買電腦，我們約好即使分隔兩地，也要每天交換電子郵件。

在那之後直到烏爾蘇拉離開人世的約十年期間，我這個連義務教育都沒接受過的人，卻能夠聽懂發自晚年烏爾蘇拉口中那些人類已經無法理解的失望、憤怒語言，並且負責紀錄下來，這全都多虧了接吻傳遞而來的靈魂力量。

即使是在動物園與拉爾斯相戀、生下努特兄弟的那段時期我也未曾停下撰寫烏爾蘇拉傳記之筆。我不是貓，無法理解那些像疼愛貓一樣溺愛孩子的父母是什麼心情。努特的弟弟因為身體虛弱，出生不久便夭折了，但我希望努特能像那對被狼養大、最後創建羅馬帝國的雙胞胎一樣成為偉大的人，所以刻意把他託給其他動物照顧。正如我的期望，努特確實成為一位為保護地球環境，活躍於全球的出色運動家。不僅如此，努特還教會了大家，即使沒有精湛技藝，也能吸引人們的關注，打動人心，喚醒大家心中的愛與讚嘆。不過那是他的故事，我不打算像那些棲息於資本主義保護區的現代智人一樣，將兒子的成就視為自己的功勞。我的任務是寫下隱藏在努特身後、可能被遺忘的烏爾蘇拉故事。

烏爾蘇拉在二〇一〇年三月過世，當時只有八十三歲。從熊的角度來看已經很長壽，但畢竟是人，我希望她能活得更久一點。我希望能永遠在夢裡的北極跟烏爾蘇拉說話。我希望每天站上舞臺，重複那帶有糖味的吻。重複百年、千年。

人類的時間觀念太過混亂模糊，我實在不以為然，根據我自己整理研究的結果，我認為一九九五年夏天，我們每天兩次在舞臺上表演死亡之吻時，是我們幸福的高潮，所以我想從我的角度描述這一幕，作為傳記的結尾。當時我九歲，烏爾蘇拉六十八歲。

我彎下身，放鬆肩膀的力氣，用兩隻腳站著。眼前這個小巧可愛的雌性人類聞起來有股甜味。我慢慢彎下腰，將臉靠近她藍色的眼睛，雌性人類迅速把一塊方糖放在她短短的舌頭上，輕輕向前噘起嘴唇。砂糖的白在她小小的嘴裡發出亮光。看到那顏色我想起了雪，對北極的想念讓我一陣心痛。我把自己的舌頭伸進雌性人類血紅的雙唇之間，輕輕取出那塊閃亮的方糖。

懷想北極的日子

乳頭被塞進嘴裡。忍不住別過臉去，但乳頭還是抵在嘴上。在那股幾乎讓腦袋融化的香甜氣味吸引之下抽動鼻子，不由得張開了嘴。那些溢出來流到下巴的溫暖液體是牛奶？還是口水？緊抿著嘴唇，咕嚕嚥下一口，感覺到溫熱的牛乳沿著喉嚨流進身體裡。牛奶流進胃裡，肚子漸漸膨漲。這才放下了肩膀的力氣，四肢變得越來越重。

漸漸地，開始能聽到聲音、也能看到東西。但這並不是某一天突然的改變。每天周圍的事物慢慢逐漸成形，有兩隻毛茸茸的手臂，其中一隻會拿出牛奶，另外一隻支撐著身體、方便喝奶。喝奶的期間非常專注。飽了之後睡意襲來。睜開眼睛，發現四邊都是牆壁。

抬頭望去，牆壁上方有片不知做什麼用的白色葉子。好像摸得到，又好像摸不到。那究竟是什麼呢？兩個黑色鼻子、四個眼睛，其他都是白色。雪白色、白色的白色。好像還有小耳朵。真奇怪的動物。想著這些，意識漸漸模糊，又睡了過去。

不久後發現，其實不是被牆壁包圍，而是被放在箱子裡。身邊有個軟軟的布偶。一起被放在箱子的角落、蓋上毛毯後，就會想睡得不得了，根本無法抵抗睡魔。

進入睡眠世界後，附近的空氣驟然冷卻，銀色閃閃灑落。光之雨在空中舞動，慢慢落下，最後被吸進腳下凍結的白色大地。地面有許多裂痕，每踏出一步，裂痕就會被體重推開，露出下方藍色的水。把重心移到踏出的那隻腳上時，藍色的水面便會往外泛起大片漣漪，好像要被吸進那片水裡。進到水裡面應該很冷、很舒服吧？但呼吸怎麼辦？要是掉下去再也爬不上來該怎麼辦？

一股震動傳到骨頭，睜開眼睛。有人過來了。白色的世界消失，換上一片毛茸茸的綠。這就是所謂的「毛毯」，可以揉成各種不同的形狀。包圍四邊的木箱，垂直高聳。眼前是由球和流線交織成的奇怪紋路。爬不上去。明知道爬不上去還是坐不住，抬起一隻手，一會兒往這、一會兒往那，踉踉蹌蹌走著。

上方傳來呼吸聲。跟這裡的呼吸不一樣。所謂不一樣是因為氣息有兩個來源。一邊吸氣、另一邊吐氣。吐氣的是嘴，被鬍鬚包圍著的嘴，鼻子上方有兩個眼睛，還有兩隻毛茸茸的手臂。原來這所有都是連在一起的同一個存在，會提供牛奶，迫不及待搔著牆，想更接近他。

「哈哈哈，你想越過柏林圍牆是嗎？但是牆早就已經沒有了。」說著，那隻多毛而強壯的手臂會從上方將身體拉高，拉到他鬍鬚旁。鬍鬚的正中間有一塊紅色濕潤的肉，那塊肉會跟聲音一起蠕動「你想出來是嗎？你看，這不是出來了嗎？怎麼樣？外面的感覺如何？」話說回來，這個叫做「外面」的空間還真不錯。不只是因為在外面可以喝到牛奶。即使不餓，手也會不自由主去抓箱子內側，想到外面去。忍不住拉長脖子，想看一眼外面的世界。看來所謂「活著」，就等於想到外面的心情。

鼻尖總是充滿不斷想向前的力量。這股力量硬是拖著虛弱的前腳往前進。後腿還不夠有力。如果前腳使力、想穩穩踩在地上，就會從內往外、朝左右兩邊滑開跌到，下巴直接砸在地上。

強壯手臂的主人在給牛奶之前，會熱情呼喚好幾次「努特」，那就把想喝牛奶的慾望命名為「努特」吧。

一開始喝牛奶，這股溫暖的溫度就會形成一條由上往下的通道。這條通道讓名為努特的慾望延伸為線狀，當前方抵達胃部時，輪到心臟開始劇烈跳動，之後溫度呈放射狀一直擴散到指尖。下腹部越來越沉重，咕嚕作響，屁股覺得有點癢。後來又睡著了，但是在失去意識之前，所有溫暖擴及的區域，都變得很「努特」。

給牛奶那個有強壯有力的男人，被接下來出現的另一個男人喚為「馬提亞」。新來的男人一進房間就輕輕把帶來的盒子放在桌上：「馬提亞，我帶了新的秤來。這個秤很精準，連跳蚤的重量都量得出來。」努特本來以為會看到一個可以啃、或者可以舔的東西，但並不是，秤這種東西真的很無趣，又白又平，上面放了一個塑膠澡盆。說是澡盆，但其實並沒有像洗澡時用的水槽一樣裝了水。

努特被放在秤上的塑膠盆，把前腳放在盆緣想出去。這個新來的男人急忙把前腿放回盆裡，但接著努特不僅放上前腿，連軟到好像可以往任何方向彎的後腿也像章魚一樣巴著箱緣，用力抬起屁股想出去。新來的男人冷靜地把努特的四肢一一從盆緣移開放回去，他從上方壓住努特雪白的背，彎身從旁邊觀察。接著他把努特交還給馬提亞，拿出一根會流出黑色的木棒來延長自己的手指，喀喀作響地刮著攤平的筆記紙面。

這個新來的男人手指已經很長了，但是他用木棒更拉長了手指，在紙上刮著。手指到底要多長他才會滿意呢？對了，其實馬提亞的手指也很長，不過要攪拌牛奶時他會用一根金屬棒來延長已經太長的手指。他們是喜歡不斷延長手指的延指類動物。

說到動物，白天只會看見延指類動物，但等天色一黑，就能聽到老鼠在牆外面到處跑的聲音。他們腳步很快，身體好像很小。有一次曾經有一隻老鼠跳上箱子邊緣往裡面看，試圖要跨境進入努特的世界。他棕色小臉上長著細長的鬍鬚跟結實的門牙，手上只有微細的細毛，可以看到彷彿很柔軟的粉紅色皮膚。努特實在太無聊太寂寞了，就算是這樣的玩伴也能開心到呼吸急促。但或許不該表現出來吧，對方害怕得將身體縮成一團，往後掉了下去，從此再也沒有露出那張可愛的小臉。

忘記是什麼時候了，有隻大膽的年輕老鼠在馬提亞來的時候出現了。「啊，老鼠！」馬提亞叫了一聲，把努特放到地上，高舉起拿著木棒的手，但這時那隻年輕老鼠早已經衝進牆上的洞裡，不見蹤影。「克里斯提安，剛剛有隻老鼠從那個洞跑出來呢。」馬提亞跟這時剛好過來的另一個男人報告，努特這才知道那人叫克里斯提安。克里斯提安笑著說：「看來對北極熊寶寶感興趣的不只我們現代智人呢。」這些延指類都自稱為現代智人。

克里斯提安每天都會來幫努特檢查身體。用秤子量完體重做好記錄後，他會把手指伸進努特嘴巴裡，撬開來檢查裡面。努特的嘴裡住了嗝，每當啊啊啊地張開嘴時，嗝就會跑出來。嗝有淡淡牛奶味，但這時已經不再是甜美的誘惑，變成噁心的味道。

接著克里斯提安會用一個冰冰的東西插入努特耳朵裡，推開眼皮檢查眼睛，掰開肛門，檢查手掌和手指間還有爪子。「我們現代智人可不會每天做健康檢查。」聽到克里斯提安笑著這麼說，馬提亞回道：「我上班之後一次健檢都沒做過呢。」

馬提亞所做的一切都很好懂又舒適。他會給努特好喝的牛奶，會輕拍肚子，會用手掌壓鼻子跟努特玩。但克里斯提安就不太一樣了，他有時候會做些讓努特不舒服的事，而且都是些對努特來說毫無意義的事。如果是馬提亞，假如努特抱著掉到地上用來混合牛奶和粉末的湯匙開始咬著玩，他也會靜靜等待，但是克里斯提安不會讓努特碰到他帶來的工具。他也不會讓工具掉在地上，總是自己一一完成工作後離開。

儘管如此，馬提亞和克里斯提安還是有許多相似的地方。例如他們體型都很高大，手腕瘦到可以清晰看到骨頭的形狀。他們的手臂長了很多毛，讓人覺得現代智人大概是種多毛的動物，但仔細觀察會知道，除了手臂和頭部以外，其他部位都光禿禿的。

克里斯提安沒有鬍子、身穿白袍，這些地方跟馬提亞不同，不過他的雙腿和馬提亞一樣裹著容易卡到爪子的厚厚藍色布料。這種布料叫做牛仔布。「又打翻牛奶、弄髒我牛仔褲了。」馬提亞嘆了口氣，克里斯提安問：「會被你太太罵嗎？」「我都自己洗衣服。她說不能把有動物毛髮的衣服跟小孩的衣服一起洗。」「這麼嚴格。」「開玩笑的啦。她不會那麼過分。」「真是心胸寬大。」

克里斯提安的身體動作很快，但那並不是跟老鼠一樣與生俱來的敏捷，看起來像是想快點完成工作，所以總是很急躁。克里斯提安似乎不擅長等待，有一次努特心情不好，一直抓著秤的邊緣就是不想上秤，克里斯提安用力將努特兩隻前腳抓在一起，於是努特也用力咬了克里斯提安的手指。克里斯提安放聲大叫，放開努特，摸著自己的手，用比平常更高的聲音說：「唉，竟然被咬了。」馬提亞安慰他：「今天王子心情不好，不太聽話呢。」說著，他摸了摸努特的頭。

總是忙個不停的克里斯提安聽了之後這才終於坐下來嘆了口氣，他一邊盯著努特的臉一邊跟馬提亞聊天，努特也得以慢慢打量克里斯提安的臉。克里斯提安的金色頭髮剪得極短，每一根毛都像馬提亞用來刷地板的刷子那樣豎得直挺挺的。白色方形的牙齒在嘴裡密密排列。

沒看過克里斯提安吃東西，他不知道都吃些什麼？他皮膚光滑，感覺油脂很肥厚，但肉看起來很硬。嘴唇鮮紅，跟有鬍鬚的馬提亞不一樣，嘴巴周圍一根毛也沒有。

相較於活潑的克里斯提安，馬提亞的皮膚和頭髮都很乾，臉看起來很暗沉，就好像肉體裡根本沒有血液在流動一樣。

不知道從什麼時候開始，除了馬提亞和克里斯提安以外的現代智人也會出現在這個房間裡。每次都是不同的長相，有過去沒聞過的汗味、嗆人的花粉味、煙味等等，帶著各式各樣不同味道的男女川流不息地進到房間裡，用刺眼的閃光照射，還不斷問問題。那些刺眼的光好像叫做閃光燈。馬提亞被閃光燈照到時會難受地眨眼，有時還會把手肘高舉到鼻子前，擋著他的臉。

馬提亞不擅長回答問題，有時候他動動嘴唇好像要回答，卻還是說不出話。這時克里斯提安就會用自己的身體擋在相機前護住馬提亞，一一回答。

大家都叫克里斯提安「醫生」。努特的體重越來越重，飢餓感越來越強，大便的量也一天比一天多。看來克里斯提安一臉驕傲說出的「成長」這個詞，指的就是這件事。

訪客離開後，馬提亞似乎十分疲累，那天最後一位訪客離開、克里斯提安也離開後，他忘記把努特放回木箱，就這樣坐在地板上環抱膝蓋，低垂著頭。努特擔心地跑到他腳邊，仔細嗅著他覆蓋嘴巴周圍的鬍鬚、鼻孔，還有眼睛周圍的味道。「怎麼，在擔心我嗎？你這樣就像小熊在聞中槍的爸媽一樣呢。我沒事的。打中我的不過是閃光燈而已，我沒那麼容易死的。」說著，馬提亞露出了複雜的神情。

努特一天天長大，但可憐的馬提亞非但沒有長大，反而每天一點點地縮小。說不定那些美味的牛奶就是馬提亞從自己身體擠出來的液體，努特喝得越多，他就越來越乾癟、矮小。

來到房間的訪客一天比一天多。馬提亞明明比克里斯提安高，但一有訪客來，他就會退到房間角落，背向大家駝著背，似乎努力想讓自己看起來更不起眼。剛開始訪客會偷瞥馬提亞的背影，但不會跟他說話，他們認真記錄下克里斯提安說的話，但過了一會兒之後一定會大膽走近馬提亞，拜託他讓眾人拍照。也不知道為什麼，光拍克里斯提安一個人的照片好像還不夠。馬提亞最後也放棄掙扎，他一手拿着奶瓶、一手抱着努特壓在胸前，然後面對攝影機。馬提亞胸口的肌肉很僵硬，他腸子咕嚕地響，還有指尖微弱的顫抖都直接傳達到努特的身體上。馬提亞的肚子咕嚕叫時，努特的肚子也會跟著咕嚕叫。

馬提亞的眼睛好像對光線很敏感，閃光燈一照到眼睛他就會頻頻眨眼。努特的眼睛不怕光，不管接受多少次殘酷的閃光燈，眼睛都依然能維持溫柔的平靜黑暗。

第一個闖進來的訪客叫記者，下一個也叫記者，再下一個還是叫記者。之後努特終於了解，馬提亞和克里斯提安只有一個，但記者卻有很多個。

不過那個叫做「拍照」的神秘儀式，究竟有什麼意義呢？訪客中有一位記者提到阿伊努文化和薩米文化裡「關於熊的儀式」。所謂關於熊的儀式，是不是指現代智人包圍著熊開啟閃光燈，讓熊彷彿瞬間定格的「拍照」儀式呢？

「你能住在這個房間照顧他，真不是一般人辦得到的。」被克里斯提安這樣稱讚時，馬提亞只是簡單回答：「要是不住下來怎麼能每五小時餵他一次牛奶。」「但你太太沒有說什麼嗎？換成我家，連續加班幾天都要鬧離婚呢。」

本來以為馬提亞會一直待在房間裡，但過了一陣子之後，他會趁努特睡覺時偷偷溜出去。傍晚餵完奶，等努特睡著之後，窗外也不再傳來現代智人的聲音，反而是其他生物的聲音變得越發清晰。在這些聲音鼓勵之下，馬提亞從藏在桌邊的黑色盒子裡取出一把吉他，帶著吉他走出去。努特很想起來一起出去，但卻被強烈的睡意拉往反方向，怎麼也睜不開眼睛。只有耳朵是醒著的，身體的其他部分都去了夢的世界。

聽到撥弦的聲音。聽到這聲音就知道馬提亞沒有走得太遠，覺得很安心。

當馬提亞回房間後，會把努特從木箱裡抱到外面，但努特怎麼也找不到那把很想拿來當成玩具的吉他，哪怕只有一次也好。「在你出生之前，有時候我下了班不想直接回家，會在籠子外彈吉他。家裡有家人在等我，我想回家，但又不想回家。你懂這種心情嗎？應該不懂吧。」有現代智人在時馬提亞不太愛說話，但是跟努特獨處時倒是挺多話的。

努特終於找到塞在書桌旁邊立放的吉他盒，用前腳去抓。湯匙、水桶、掃帚、畚箕，大部分道具馬提亞都會讓努特碰，唯獨吉他這個道具他放在一個堅硬的黑色盒子裡，絕對不讓努特碰。盒子還上了鎖，不管努特用爪子或牙齒插入盒蓋的縫隙，都打不開。要是能玩一會兒，說不定還能咬咬弦、用牙齒試著演奏。一定會發出很有趣的聲音吧。牙齒不行的話用爪子輕刮一下也好。馬提亞那麼脆弱的爪子一抓吉他都能發出聲音了，努特的大爪子來彈不知會有多好聽的聲音。

也不記得音樂是從哪裡開始的，但是當耳朵能聽到聲音，就已經生活在一連串不間斷的聲音當中。或許這些音樂早在努特出生之前就已經開始了。

漸漸地，努特開始聽得出來，過去出現過的一連串聲音再次重複出現。例如從櫃子裡哐啷拿出鍋子哐啷哐啷的聲音、哐地一聲打開冰箱門瞬間的聲音、將牛奶咕咚咕咚咕咚倒進鍋中的聲音，其中還參雜了很多樂器聲響，例如沙沙倒進粉末，咣噹咣噹攪拌湯匙的聲音。湯匙鏮鏮鏮地在大碗邊緣輕敲三下收尾，為這首精彩的熊寶寶離乳食品交響曲劃下休止符，引出滿滿的感動唾液。這些重複了無數次、不知不覺記住的連串聲音。聲音當中有開始，也有結束。

努特很早就能辨識出馬提亞的腳步聲，那是因為他一離開房間努特就感到很不安，會一直想著他什麼時候回來，所以全身都成了耳朵。從某個時候開始，馬提亞有在外面過夜的習慣。這個習慣真的很不好。傍晚餵完最後一次牛奶後，把努特放進木箱、用填充玩偶按住哄睡後，他就會帶著工事包而不是吉他盒消失，直到第二天早上才會回來。

馬提亞在外面過夜的夜晚，會有其他男人來餵奶。現在努特不再是嬰兒了，其他男人餵的牛奶也會乖乖喝下。那男人臉頰肉很多、很胖，手也很熱，努特喜歡他身上的奶油味道。也就是說，即使馬提亞不在，一樣能填飽肚子，也沒什麼不開心的事，但心裡還是隱約有一絲不安，怎麼也消除不了。明明知道有一百人能餵牛奶遠比只有一個人更安全，但也不知為什麼，對馬提亞的執著讓努特有了安全感。所以早上一聽到馬提亞來上班的腳步聲，就會坐立難安，一直抓著木箱內側。

「你看你看，抓過頭了連你爸媽的照片都抓破了啊。我特地替你貼上托斯卡和拉爾斯的照片。他們是你的父母啊。」這天馬提亞撕下了那張已經被抓得破破爛爛的紙片，丟進垃圾筒。努特很驚訝，之前從沒認真看過的照片，事到如今才覺得想看，但已經太遲了。努特不知道那張紙片、那張照片上竟然是自己的父母。

克里斯提安發現努特變得很浮躁，對馬提亞說：「他是不是因為照片沒了覺得寂寞啊？那貼一張你抱著他、餵他喝奶的照片如何？人家說養大過生。你沒有拍過類似聖母瑪利亞懷抱耶穌聖嬰那種照片嗎？」「別胡鬧了。我現在晚上終於可以回家，家人也終於穩定下來了。」說著馬提亞摸摸努特的頭。對努特來說，「家人」這個詞帶有很不祥的聲響。

清晨，鳥兒又開始喧鬧，聽起來像是為了黑暗離開、太陽重現而開心，也像是還找不到早餐的驚慌，有時又像逃避襲擊的慘叫。

也有些鳥會停在窗框，大剌剌地偷看努特的房間。雖然全都是鳥，但他們唯一的共通點就是長了翅膀，除此之外個性完全不同。麻雀總是沉住不氣、個性直率，椋鳥冷靜又幽默，松鴉有張紫白相間嚇人的臉，鴿子總是對任何事都表現得很驚奇，鳥的種類形形色色。除此之外還能聽到許多其他聲音，這表示外面的世界可能充滿了很多鳥類吧。為什麼自己、馬提亞和老鼠都沒有翅膀呢？如果會飛的話，一定要先飛到窗邊看看外面。

馬提亞一來就會讓努特離開木箱。但是當努特開始好奇房間外面的世界，光是離開木箱就無法滿足了。真想到外面去。馬提亞說：「你真是一天比一天更調皮了。」待在房間裡的努特實在對外面太好奇，根本坐不住。一直抓門會被馬提亞罵。如果能到外面去，就不會再一直想著外面的事了。

就算不能出去，還是有辦法可以讓自己覺得好像來到外面一樣。那就是側耳靜聽。耳朵聽到的世界遠比眼睛看到的世界更寬廣、色彩也更豐富。這或許就是克里斯提安口中「音樂的美妙」吧。聽說克里斯提安回到家後興趣是彈鋼琴。「但如果彈得太久，我家人就會戴上耳塞。那你家裡呢？」馬提亞回答：「我不想在家裡彈吉他。雖然他們不會抱怨，但我更喜歡獨處。我是為了享受獨處的才彈吉他的，所以這稱不上音樂。」

努特聽到「家人」這兩個字時呼吸都快停了。這是個帶來不安的字眼，預告著即將有不幸降臨的詞語。

在鳥的啼叫、吉他樂曲等各種音樂當中，努特最不喜歡的就是星期天傳來的教會鐘聲。每當鐘聲開始鏜鏜響起，努特就會抱著頭蜷起身體等待鐘聲結束。克里斯提安看了說：「你是異教徒嗎？」格格笑了起來，然後又板起臉來說道：「其實日耳曼民族長久以來都崇拜熊和狼。敲鐘就是為了趕走心裡的熊。」「真的嗎？」馬提亞不太相信地反問他，這時克里斯提安已經開始準備離開，隨口敷衍答：「雜誌上寫的。」

即使是星期天馬提亞和克利斯提安早上一樣要上班，但克利斯提安會匆匆做完健康檢查後走人，馬提亞也會在中午離開，接下來就是那個發出奶油味道的男人會來餵牛奶。馬提亞對那個男人說：「莫里斯，接下來就交給你了。晚上餵完牛奶哄他睡就可以。再來半夜兩點餵完最後一次，看你要回家還是去其他地方都行。」他語氣輕鬆地這麼說，男人聽他說話時臉上帶著陶醉的笑容，直盯著馬提亞的臉。他應該很喜歡馬提亞的臉吧。接著，他會急忙點頭，但他其實應該沒認真在聽馬提亞說話。莫里斯從來不會在中途離開。傍晚餵奶到凌晨兩點的最後一次餵奶之間，他都一直待在房間裡，不管努特什麼時候睜開眼睛，都會看到他坐在房間一角的椅子上看書。努特醒來的話莫里斯會把他抱出來，玩摔角遊戲，用比馬提亞慢的動作弄倒努特的身體壓在地上，不斷撫摸他肚子和耳朵周圍，讓他的體溫上升。

「你也累了吧？運動先告一段落，我念書給你聽。想聽什麼？奧斯卡‧王爾德、尚‧惹內、三島由紀夫？我帶了很多來喔。」下一個星期天和下下一個星期天莫里斯都重複讀著一樣作家的名字，努特也記住了這些名字，但是莫里斯一開始朗讀，每一本都像悅耳的搖籃曲一樣，努特馬上就睡著了。

漸漸地，即使不是星期天，馬提亞傍晚回家、換莫里斯來的日子越來越多。半夜兩點莫里斯離開後，外面開始傳來各種聲音。就好像等著莫里斯離開一樣，他一走，就立刻喧鬧不已。有時候還會有男人來代替莫里斯，但不知道他叫什麼名字。味道有一點像莫里斯。

聽到夜晚的聲音，努特就會全身緊張。他不覺得害怕。光聽聲音就知道，都是些比自己弱小的動物。實力會顯現在聲音中。大家都活在緊張中，可以感受到他們擔心一放鬆就會沒命的焦慮。專心傾聽貓頭鷹關於黑暗的那場極其抽象的連續講座，就會知道該如何在黑暗中生存。被欺負的猴子晚上的哭聲，就像是在訴說著群居動物的殘酷。老鼠老闆娘絮絮叨叨的抱怨，總結起來其實是要說如果拖拖拉拉動作慢、很快就會被抓走吃掉。不知道有沒有吃努特的動物？兩隻發春的雄貓正在為了爭奪性伴侶打架，努特覺得很不可思議，性交對象是誰又有什麼差別呢？刺蝟的自言自語給人渾身帶刺、難以親近的感覺。這或許正代表了他滿是尖刺的世界觀吧。靜靜聆聽傳來的一切聲音，漸漸可以分辨聲音之間的微妙差異，以及由這些差異所組合而成的「現在」這個奇妙空間中，僅此一次的色彩。

我現在已經聽得出馬提亞傍晚彈的吉他曲了。最好懂的是模仿好幾十隻蜜蜂飛過的聲音那首曲子，聽著聽著後背都癢起來了。還有的曲子會先出現幾片冰相互碰撞的聲音，接著是冰冷水滴滴落、四濺的聲音。從馬提亞對克里斯提安的說明中知道，聽了會癢的是埃米利奧・普約爾（Emilio Pujol Vilarrubí）這個人寫的〈野蜂〉（El Abejorro），而冰片則是曼努爾・德・法雅（Manuel de Falla y Matheu）的〈磨坊主之舞〉（Danza Del Molinero）。我不知道粉屋磨坊主這種職業要跳的什麼舞，不過聽了之後會忍不住想扭腰跳舞。

喜歡吉他曲雖好，但演奏時間太長就很無聊，能不能快點停止演奏回到這裡來？不只是因為想一起玩，而是因為原本得待在一起的人離開自己身邊，帶來了肉體上的痛苦。可能是由於太過殷切盼望他能快點回來，努特也漸漸知道了馬提亞演奏的順序。

他最後總是彈悲傷的曲子。彈完之後馬提亞會帶著滿足的表情回來，先收好吉他，然後抱起努特摩蹭他的臉。「這曲子聽起來很悲傷呢，叫什麼名字？」很少在傍晚來的克里斯提安問，馬提亞一臉開心，但是並沒有回答。也就是說，所謂「悲哀的曲子」就是馬提亞演奏完會帶著開心表情回來的曲子。努特一聽到這首悲哀的曲子時就知道馬提亞很快就會回來，也開心了起來。

馬提亞不在的時間很難熬。天亮醒來之後，身旁那個一臉蠢樣的填充玩偶如果壓住自己鼻子努特就會很生氣。玩偶這種東西再怎麼用力壓都不會還手。如果是馬提亞的手，他一定會推回來，還會抓著胸口把自己拋出去。克里斯提安就算不會一起玩，但推了之後至少會推回來，咬他他也會生氣。什麼反應都沒有的填充玩偶實在太無聊了。所謂無聊，就是沉悶、寂寞，也就是孤單。就算質問他：「你這個人一天到晚嬉皮笑臉的什麼話也不說，這樣活著到底有什麼樂趣！」他也一樣不會回答。真的是無聊透頂。

不過馬提亞到底什麼時候才會出現呢？這念頭一起，就覺得無法忍耐，努特突然領悟到，這就是所謂的「時間」。窗外慢慢變亮，那緩慢就是時間。時間一旦出現，就不知道什麼時候會結束。就在他覺得快受不了的時候，終於聽到馬提亞的腳步聲走近。然後是開門的聲音，馬提亞探頭往木箱裡看，抱起努特，用自己的鼻子蹭著他鼻子：「早啊，努特」。「時間」在這個時候會消失。聞味道、喝牛奶、玩耍，有太多事要做，非常忙碌，根本沒有功夫去思考關於時間的事。但是從馬提亞消失的那一瞬間起，「時間」又開始啟動了。時間跟食物不同，並不是只要大口大口吞嚥就會消失的東西。面對時間，努特終於知道自己有多麼無力。時間是一個不管咬他、抓他，都一動也不動的孤獨存在。克里斯提安經常把「沒時間」像口頭禪一樣掛在嘴上，真是羨慕他。

馬提亞好像很喜歡鼻子蹭鼻子，但努特出於本能很擔心馬提亞的乾鼻子。鼻子這麼乾一定是生病了。放著不管會死掉的。為了逃避這種不安，努特轉而去聞馬提亞的鬍子，那裡有水煮蛋和香腸的味道，很好聞。馬提亞嘴巴裡還有浴室裡那種裝在管子裡刷牙用東西的味道，努特不喜歡這種味道，但馬提亞的眼睛有種美味油脂的味道。努特想舔他眼睛時馬提亞會往後避開，開心地說：「別舔了」。他頭髮上還有肥皂和煙的味道。

馬提亞微睜著眼，看著在探索自己臉的努特，然後深深盯著努特眼眸深處感慨地說：「真是不可思議。剛來這裡工作時我被挑選來照顧熊，當時為了學習讀了很多探險家寫的書。有個探險家在遊記裡寫過，他跟北極熊面對面、四目相對時，怕到差點要昏倒。他說，不是因為擔心被攻擊而害怕，而是因為熊的眼睛裡一點反應都沒有。人類相信狼的眼睛裡有敵意、家犬的眼睛裡有愛情，但是遇到北極熊的眼睛，卻發現那裡面完全沒有自己，這讓人類相當驚愕。那是一面空洞的鏡子。就像在說，人類等於不存在一樣，他因此大受打擊。我也曾經很想看看那種眼神，但是你很明顯地在看著人類。真希望你不要因此變得不幸。」

說著，馬提亞在眉間擠出縱向的皺紋，再次深深望進努特眼睛裡像是想挖掘出什麼。努特想玩摔角，伸出雙手撲向這個變成無聊哲學家的馬提亞。

一天，克里斯提安跟平時一樣量完體重後，罕見地將努特放在地上，張開右手放在努特鼻子前。努特開心地衝過去。克里斯提安跟他互推了一陣子，又用雙手讓努特回到原本的位置上。接著他又一樣伸出右手。努特瞪著那隻手，心想就是現在、正要撲上去的那一瞬間。「果然沒錯！」克里斯提安的聲音很興奮。「到底怎麼了？」馬提亞的表情就像被熊勾了魂一樣茫然。「我想把手往右邊動的時候，努特會搶在那一瞬間之前往同樣方向移動。也就是說，他比人類更早知道人類的想法。」「這怎麼可能。」「真的，不然你也試試看。」「待會兒吧。」「這可是很了不起的發現。我在腦科學雜誌上看過類似的報導，突然想試試看。努特應該去當足球教練，他可以比敵人更早知道敵人的動作。下一屆世界杯足球我們一定能拿冠軍！」「喂，看起來努特沒那麼喜歡足球，別逼他當教練。」「你怎麼知道？」「電視上播拳擊和摔角時他看得很津津有味，但是足球比賽他完全不看。」「哈哈哈，那你喜歡的愛情片呢？」「看得津津有味。」「我覺得這都是身為母親的你給他的影響。」「我不是父親、是母親？」

「對啊，再怎麼看你都是個男性的母親，不、應該說是一個充滿母性的男性。」

馬提亞帶了一臺老鼠色的電視到房間，偶爾會看。努特只好陪他一起看。足球比賽會有一堆像螞蟻一樣的小東西不斷移動，很無聊。他比較喜歡摔角，也喜歡有很多女人出現的連續劇。不過女人經常都會露出悲傷的表情，看太久心情不太好。上次還看到有個男人對女人說：「我再也不能來找妳了。」然後砰地一聲關上門，衝到停了很多汽車的路上，留下那個長髮女人獨自在廚房哭泣。那個廚房裡放了看起來很好吃的香蕉。男人好像在其它地方另有妻兒。馬提亞認真看到幾乎忘了眨眼睛。努特覺得有點想哭。萬一哪一天馬提亞也對自己說「我再也不能來找你了」那該怎麼辦？馬提亞會不會在遠方的城市也藏著自己的妻兒？

牛奶裡慢慢加進了一些固體。馬提亞準備努特餐點的時間越來越長。馬提亞告訴他：「我現在很忙，抱歉，你自己先去看看電視吧。」但努特就是辦不到。跟馬提亞一起看電視的時候，可以透過馬提亞的身體感受到拳擊手的不甘或者女人的悲哀，覺得很有意思，但一個人看電視時，電視機只是一個發光的無聊盒子。努特只能夠透過活生生的人來感受電視的趣味，而且如果可以，關掉電視跟馬提亞一起玩摔角當然更有意思。有意思的是生物本身。就連那小小的老鼠也比電視有意思。松鼠也很有意思。

努特越長越高，現在只要用前腳攀著木箱內側站起來，就可以看見松鼠爬上窗外胡桃樹的樣子。明明鳥和松鼠身體都那麼輕盈，為什麼只有努特這麼肥胖、動作又慢呢？真想爬上牆去看看窗外。

馬提亞站著準備餐點時，努特有時會想攀著他的腳上去聞他鬍鬚的味道。馬提亞腳很長，當他站著備餐，努特就像是衝上樹木的松鼠一樣，完全搆不到他的鬍鬚，真是無聊極了。備餐的時間一天比一天長。等待的時間努特感覺自己從胃開始一直到胸部跟頭部都變得空空如也。「再等一下，乖乖等啊，我會放很多健康的東西進去。」馬提亞磨碎胡桃、擠柑橘汁，還煮了燕麥，將這些跟罐頭裡的東西混在一起，最後滴了一些胡桃油、攪拌均勻。

有一次馬提亞手一滑，將上面有貓照片的罐頭掉在地上，裡面的東西都灑出來了。努特立刻用自己的舌頭當成抹布。把地板清理得乾乾淨淨，覺得很滿意。在那之後努特心裡暗想，其實只要直接開貓罐頭吃就行了，到底為什麼要那麼費事加進所謂「健康的東西」，又切又磨又攪拌的，實在搞不懂。

對於生長在北極的人來說，最重要的是脂肪。這件事在克里斯提安跟記者說明時努特已經知道了，但這裡是柏林。雖然大家都說是冬天，但天氣這麼熱，真不敢相信這種氣溫下竟然需要皮下脂肪。

另外克里斯提安還說過，新鮮海豹血肉裡除了脂肪還富含維他命。當時有位女性記者問努特平時都吃些什麼，克里斯提安回答：「最理想的是海豹肉，但我們當然無法給他吃海豹的肉。現在餵的是牛肉，除了肉之外還加了蔬菜、水果、堅果跟穀物。」聽了之後一個戴眼鏡的年輕男人問：「聽說努特現在吃的是美國億萬富翁非常喜歡的貓罐頭品牌，一罐要價一百美金，是真的嗎？」克里斯提安冷冷地回擊：「哈哈，難道您有親戚是美國的億萬富翁嗎？這種事我還是第一次聽到。不過所謂的謠言真的很有創造性呢。前東德的左派之間是不是還流傳著努特其實最愛吃施普雷森林醃青瓜的謠言呢？」

一天，不知名的民眾送給馬提亞跟克里斯提安上面有熊臉的圍裙。說是熊，其實是種全身漆黑、只在胸口加了一片白色領口、長得很奇怪的熊。他們兩人穿上一模一樣的圍裙，身體動作也瞬間變得很像。那天他兩人看起來很開心，不斷在磨爛、敲碎、攪拌各種食材。努特只能雙手抱頭，一邊嘆氣一邊等待餐點完成。

努特非常希望能盡情吃一頓外面商店賣的烤腸。就是很少顧及自己三餐的馬提亞有時候會突然想到：「啊，肚子餓了。」然後衝出去買回來的那種烤腸。看到努特也想吃，他會說：「不行，你可是王子，怎麼能吃這種垃圾食物呢？」努特緊纏著坐在椅子上的馬提亞的腳，奮力想爬到他膝上。馬提亞高舉著手、不斷揮動，儘量讓烤腸遠離王子的鼻尖，最後還是只能投降，獻上完完整整一根烤腸。努特咬都沒咬，就急不可待全吞下了肚。

有一天克里斯提安看著體重計的刻度，興奮地說：「公開亮相的日子就快到了。」馬提亞聽了沉下臉來。克里斯提安激勵他：「如果在電視上播放努特充滿活力、來回奔跑的身影，是阻止地球暖化很好的宣傳啊。假如地球繼續暖化、北極的冰山融化，未來五十年內北極熊的數量就會減少為現在的三分之一啊。」儘管如此，馬提亞還是顯得興趣缺缺。克里斯提安大概是放棄說服他了，轉過頭看著努特：「亮相那天你會坐在鋪滿毛毯的雪橇上，華麗地從舞臺中央現身，所有國民一定都會很開心。你能不能像丹麥皇室那樣優雅地對大家揮揮手呢？」克里斯提安抓著努特右手，舉起來揮了揮。努特輕咬了克里斯提安一口。「哈哈哈，你已經戴上了白手套，但是好像還沒學會皇室的禮節呢。怎麼可以咬大使呢！」

努特無法想像「亮相」究竟是一種新食物還是新玩具。但是那天早上所有人都顯得格外開朗又帶點不安，飄蕩著一股前所未有的氣氛。所以努特心想，看來公開亮相的日子終於來了。

馬提亞穿著跟平時一樣的衣服、在跟平時一樣的時間出現，但是呼吸相當急促。克里斯提安身穿白西裝，帶著一名叫羅莎負責化妝的女人出現。羅莎一看到努特就嗲聲地說：「好小好像玩偶哦。」克里斯提安聽了怒聲抗議：「他一點也不小！出生時只有八百一十公克，在保溫箱裡住了四十四天，現在已經長得這麼大，哪裡小？」羅莎急忙道歉：「我真是太失禮了，這隻熊長得確實又大又壯。」她用沾濕的棉花清除努特嘴巴周圍的口水還有眼屎。不過話說回來，說自己長得像填充玩偶真是太嚴重的侮辱了。

羅莎屁股附近有股好聞的味道，但腋下好像塗了奇怪的藥，聞了很想打噴嚏。努特急忙逃到馬提亞身後躲起來。這讓馬提亞臉上出現了淺淺的微笑。

羅莎努力想接近努特的臉，對他說：「現在德國人都在等著大明星呢。」努特在電視節目上看過這幾個字。一群看起來沒什麼用的人接二連三出場唱歌。裁判會批評他們唱得很爛、沒有天分等等，是個讓人看了很不舒服的節目。跟馬提亞一起看電視時努特心想，換做是自己，才不想上這樣的節目呢。不過今天的亮相難道跟什麼節目有關？該不會自己會被丟到那個節目裡吧？努特開始擔心了起來。

大概是因為有羅莎在的關係，今天的克里斯提安發出很好聞的味道，可是馬提亞身上都是討厭的汗。努特心想，克里斯提安該不會想跟羅莎「成對繁殖」吧？不過昨天克里斯提安確實說過：「一天到晚看著北極熊，現在看到身材瘦的女人總覺得太單薄，一點也感覺不到性感。」羅莎很瘦，手腕和腳踝細到椋鳥看了可能會想啄了吃掉。克里斯提安真的喜歡這種骨瘦如柴的人嗎？

「聽說你辦公室在佛朗明哥家隔壁？」羅莎用她甜美的聲音開啟對話，克里斯提安也敞露出開心的神情：「妳竟然知道！就是因為這樣所以我偶爾需要單腳站著工作。下次來我家玩吧。」他不假思索地流暢說完這段話。克里斯提安的舌頭為什麼能夠動得這麼靈巧？努特對自己的舌頭很苦惱。想喝深盤裡的水時舌頭總是會打結，有時候還會讓自己噎住、陷入呼吸困難。這時候克里斯提安就會把自己倒吊起來拍背，直到恢復呼吸。差一點就要因自己的舌頭而送命了。

羅莎像隻麻雀，安靜不下來。她再次打破終於來臨的沉默，用甜膩的聲音問道：「陽陽生病是不是因為你後來只愛努特？」克里斯提安膨脹著鼻孔：「不是！陽陽不會因為失戀而生病。至於我自己，我的本命不是熊，依然是現代智人。」相當有自信地挺胸說完這些後，他還閉起了一邊的眼睛。要怎麼樣才能只閉一隻眼睛呢？還有，這麼做又有什麼作用呢？另外，陽陽到底是誰？

馬提亞轉身背過羅莎抱起努特：「歌練好了嗎？舞蹈也沒問題了嗎？你終於要公開亮相了呢。」他認真地低聲說，一聽到「歌」和「舞蹈」努特心裡一驚，怎麼辦！自己什麼也沒練習。實在是太愚蠢了。明明聽了那麼多次〈磨坊主之舞〉，腰部也確實有想舞動的感覺，但總是什麼也沒做就睡著了。聽著鳥叫聲時也曾經想過，自己能不能發出更多聲音，但是又怕被鳥取笑，從來也沒練習過。因為努特覺得與其高聲練習唱歌，還不如安靜看起來更有威嚴。不過什麼都不練習還擺出一副了不起的樣子，是不是很差勁？自己什麼表演都沒學，每天貪吃貪睡就這樣活到了今天。沒有練習任何才藝就即將迎接公開亮相。「你真是一事無成，怎麼搞的。我在你這個年紀的時候……。」是什麼時候曾經在夢裡被人這樣說教的呢？

當時努特沒有認真聽那些說教，只是出神地看著眼前那個年老的龐大冰雪女王。體型大約是馬提亞的十倍左右，她身後是一望無際的雪原，身上披著一件耀眼的雪白色毛皮。當時太陶醉於她的身影，說教的內容一點也沒聽進去。眼看著冰雪女王即將要消失在風雪中，努特急忙問：「您叫什麼名字？」對方無奈地說：「你真是太無知了，而且一點才藝都沒有。什麼都不知道、什麼都不會。連自行車都不會騎。除了討人喜歡之外什麼長處都沒有，一天到晚只會看電視。」說著說著就猛咳了起來。馬提亞和克里斯提安都沒說過他「沒有才藝」，所以努特單純覺得很驚訝，問道：「但是能騎自行車又怎麼樣？才藝又是什麼？」「才藝是一種藝術。在藝術中又指可以取悅觀眾的藝術。」「可是就算什麼都不做，看的人也會開心啊。」「你真是沒用。我怎麼會有你這種子孫呢？只是因為你是個健康的男孩就受到大家的寵愛，這真是太丟臉。丟臉到要是眼前有個洞穴，就算不是穴熊也會鑽進去。你這樣下去怎麼行？你日子過得太舒服，家世又好。如果是現代智人，可能只因為是大人物的孫子，就可以成為公司老闆或者政府高官。可是北極熊的世界是不允許這種事發生的。」

突然想起這個夢，努特越來越坐立不安。所謂公開亮相，就是第一次對觀眾展示自己才藝的日子。這大概就是後悔的感覺吧。馬提亞為什麼不早點教自己唱歌跳舞？他每天都在練習吉他，今天一定能彈得很好，獲得觀眾的喝采。但是在他身邊沒有半點才藝的自己卻只能吮著手指。馬提亞真是太狡猾了。

化妝師羅莎偷看著馬提亞低垂的臉：「各位的妝打算怎麼辦？如果是在電視臺的攝影棚，所有上鏡的人都會化妝，男士至少也會上個粉底，但今天不在攝影棚、是戶外拍攝，要不要化都行。」說著，她亮了亮手上的粉底。馬提亞什麼也沒說，別過臉去。羅莎很快就放棄他，接著轉頭用突兀的甜膩聲音問克里斯提安：「那你呢？」克里斯提安伸出自己的臉頰：「麻煩了。也請幫努特上一點白粉。大家可能都以為他是白色的，但妳也看到了，其實他的臉被灰塵弄得灰撲撲的。」

羅莎把白粉撲在克里斯提安光滑的皮膚上，說道：「聽說今天來採訪的媒體跟出現在先進國家高峰會議上的人數差不多呢。」聽到這句話的努特對於「高峰」兩個字的尖銳聲響感到恐懼，忽然衝到壁櫥後，把自己身體塞在最後面的牆上。克里斯提安立刻站起來，將他的長胳膊伸到櫥櫃後，輕鬆拉出努特：「哎呀，大明星怎麼變成抹布了呢。」一邊替他拍掉肚子上的灰塵。

這時一群記者衝進房間，迫不及待想拍下馬提亞出發前的照片。「不是約好不要進來的嗎？」馬提亞抱怨著，閃光燈一閃便頻頻眨眼，用手肘遮住臉。努特不怕光，他冷靜地回瞪著相機鏡頭。攝影師們頓時不知該對焦在誰身上，被那一對彷彿熟透黑醋栗的眼睛從正面凝視，他們似乎受到了很大衝擊，愣在原地。

過了一會兒攝影師才回過神：「努特知道自己是明星嗎？」這問題讓克里斯提安很不高興，斷然否認：「不可能。」但另一位攝影師卻不以為然地反駁：「可是你看，他還會擺姿勢呢。」「那只是你自己這麼以為，投射在他身上罷了。努特絕對沒有在擺姿勢。北極熊基本上對人類不感興趣。」「但是他對馬提亞很感興趣吧？」「馬提亞不只是人類，他是努特的母親。」「只要有奶瓶任何人都行吧。」「當然不是這樣。」克里斯提安開始告訴記者關於一個叫蘇珊娜的女人的故事。

蘇珊娜在德國南邊的動物園裡用奶瓶餵養了一頭名叫洋的北極熊。洋的體重超過五十公斤時，一起玩耍時抓傷了蘇珊娜，在她手臂留下一道很深的傷痕。洋沒有惡意，他還是個孩子，玩著玩著就忘記人類的皮膚有多脆弱。蘇珊娜自己也並不在意受傷的事，但保險公司和動物園自此禁止她跟洋接觸。蘇珊娜因為太難過辭掉了工作，跟一個從高中開始一直暗戀她的男人結婚。四年後蘇珊娜生下了女兒，一天她推著嬰兒車到動物園玩。當她來到北極熊籠子前時，遠遠就看到自己一手帶大的洋。洋的身體已經變得很高大、跟以前完全不同，可是一看到臉她就知道一定是洋。蘇珊娜停下腳步，動也不動。洋還在喝奶時那蹣跚爬行的身體重量，叼著奶瓶時嘴巴的力量、溫暖，表情的變化和眼睛裡的光芒，現在一一重現在她眼前，讓她遲遲難以邁開腳步。就在這時，背後一股強勁的春風吹來。風把蘇珊娜的氣味吹到洋的方向。洋突然開始抽動鼻子，興奮地衝到懸崖最前面。接著他盡可能地把鼻子往前伸，一直嗅著風的味道。北極熊是近視眼，或許看不清蘇珊娜的臉，但他一定還記得她的味道。聽著克里斯提安說的故事，羅莎忍不住用手拭淚。

當克里斯提安講完這個故事時，房間外一陣喧鬧，羅莎急忙跑出去，剛好此時一個之前努特見過一面、大家稱為「園長」的人身穿著西裝外套，跟一個長得很像熊的人並肩走進來，握著克里斯提安和馬提亞的手。

園長看了看手錶：「公開時間是十點半開始的兩個小時，之後是記者會。」說著，他環視房間一圈：「咦？我們的阻止地球暖化大使在哪裡？」馬提亞慢慢走向櫥櫃，看了看後面：「努特，出來。」就像在自言自語一樣。努特不願意出來，屁股更用力地壓在牆上。馬提亞心不在焉地說明：「他現在有點興奮，先別管他。」

園長踩著吱嘎作響的地板走到旁邊，也探頭看了看櫥櫃後。由下往上可以看到他鼻孔裡長了茂密的黑色鼻毛，讓努特更加警戒。如果不長出那樣的毛髮，就會直接把髒東西吸進身體裡，可見得外面的空氣有多髒。

園長似乎沒發現努特在看自己的鼻毛，他紳士的對努特說：「我對你感到相當驕傲，動物園的命運都在你肩上了。」那個像熊一樣的男人也小心翼翼探頭看了看櫥櫃後面。一發現努特他便堆起一臉的微笑：「天哪，沒想到這麼可愛，跟我家孩子不相上下呢。」

克里斯提安將身體塞到櫥櫃後，抱起努特轉了一百八十度，讓他來到兩位訪客的視線高度。「啊，耳朵髒了。」說著，他從口袋拿出一條藍色手帕塞到努特耳朵裡。

努特扭著身體，差點要給克里斯提安一掌，不過克里斯提安迅速避開，開心地說：「我經常跟我太太練習，現在很擅長躲開巴掌。」

「讓我們拍一張環境部長跟環境大使握手的照片。」聽到這個要求，克里斯提安抓起努特一隻手遞出去，那個像熊一樣的男人遲疑半晌後，握住努特的手微笑了起來。惱人的閃光燈閃個不停。

「準備好了。《紐約時報》的記者到了。還有來自埃及、南非、哥倫比亞、紐西蘭、澳洲、日本的記者。」入口處傳來年輕男人興奮的聲音，兩個男人拖著腳步走出房間。半數拿著相機的現代智人跟在他們身後，其他一半繼續留在房間不斷打亮閃光燈。

馬提亞將雙手高舉在頭上，臉盯著地板劇烈地左右搖頭：「很抱歉，請各位離開。努特如果太亢奮，就算今天第一次去活動場也可能不敢放鬆自在地玩。」馬提亞的聲音微微顫抖。為什麼其他男人都大聲吼叫，只有馬提亞的聲音總是那麼微弱呢？不過話說回來，活動場是什麼樣的地方？總之，光是想到可以去其他地方，就讓努特雀躍不已。

記者們說：「那就祝你好運啦！」離開房間時他們有的人把拇指往內彎、用力握著其他四根手指，還有的人偏過頭去做出吐口水的樣子，動作都很奇怪。

房間裡突然安靜了下來。「你太太跟孩子來了嗎？」克里斯提安問，馬提亞俯首，左右搖頭。努特莫名地鬆了一口氣。

克里斯提安拍拍馬提亞的肩膀，他用毛布裹起努特抱了起來。離開房間來到建築物外面，努特用力吸著每個地方些微殘留的陌生動物氣味，然後又進入另一棟建築物裡，進了陌生的後臺，馬提亞在這裡瞇起眼望著外面，努特也伸長了脖子想看，不過只看得見岩石堆，遠景是一片模糊。這裡可以聽見很多聲音，遠方大概聚集了很多觀眾。

馬提亞用毛毯折成雪橇的形狀讓努特坐上去，拉著雪橇來到外面。努特開心極了，瞬間忘記有觀眾，也忘記自己沒有才藝這件事。馬提亞拉著他來到用岩石做成、視野很好的遊戲區，遠方傳來一陣整齊的歡聲。發出歡呼聲的好像是像牆壁一樣站成一整排的現代智人，可是努特有近視，距離太遠看不見那些臉。

馬提亞隔著毛毯輕輕推倒努特，一手壓著、一手摸著努特肚子。努特越來越高興，扭著身體起來撲向馬提亞的手。這樣的動作重複了好幾次，其中有一次努特用力過猛，爪子刮到馬提亞的手背，流了一點血，不過馬提亞並沒有像平時那樣叫痛，還是強忍著繼續玩。努特想起蘇珊娜被洋弄傷後兩人不得不分開的故事，不安了起來，但是馬提亞用毛毯一圈圈裹著努特身體，這種舒適叫人沉醉，馬上忘記剛剛的不安。觀眾裡有人大叫：「哇，好像夾著熱狗的烤腸喔！」誰要當烤腸啦！敵人就是這塊毛毯。努特早就研究過該如何對付毛毯。用腳踢開毛毯、用力啃咬，奮勇抵抗。可是馬提亞竟然站在毛毯那一邊，努特拿起一度筋疲力盡、眼看就快投降的毛毯一角，再次裹住自己，努特遲遲無法戰勝毛毯。

就在努特終於擺脫毛毯往前跑時，不小心前腳絆倒倒地，往前滾了一圈。這時周圍傳來空前的歡聲。在地上打滾的瞬間，外面齊聲響起哄然大笑。這時努特心裡冒出一種小丑式的發現。或許這種知識一直沉睡在自己基因裡。

隔天園長捧著成堆報紙來到房間裡。「昨天總共來了五百多個記者。哈哈哈，環境部長也很驚訝呢。真沒想到會這麼受關注。」

克里斯提安今天休假。馬提亞什麼也沒說，安靜低著頭。他好像很累，園長一離開他就用努特的毛毯裹住自己身體，躺在房間角落。看到馬提亞奪走毛毯，努特以為這是要開始玩摔角的暗號，開心地撲向馬提亞。沒想到不管是張大了嘴巴咬上手臂或者抓他，馬提亞都一點反應也沒有。努特漸漸開始擔心，把鼻子伸到馬提亞鬍鬚裡，想確認馬提亞還有沒有呼吸。這時才終於聽到馬提亞的聲音：「不要緊，我還沒死。」

這一天努特也跟馬提亞一起去活動場玩了兩小時。遠方列隊如牆的觀眾響起好幾次如雷的歡聲，但是前面有欄杆跟小河，他們無法接近。那些可憐的人被關在那邊的世界，無法過來一起玩。他們很想摸摸努特，更湊近一點看，如果可以更想緊抱著努特，這些心情都乘著風一點一滴飄了過來。

當努特擺出某種姿勢，觀眾就會瞬間沸騰。真不知道為什麼。隔天早上、再隔天早上，努特漸漸知道玩的時候擺出什麼姿勢可以讓觀眾興奮。不過他們叫得太大聲耳朵會很痛，所以努特學會了先炒熱氣氛，然後在熱度到達高潮前收手的技巧。像這樣能自由自在地操控飄蕩在空中的能量，猶如波浪般時起時落，彷彿自己無所不能，相當暢快。

一天早上，天還沒亮馬提亞就穿著新外套出現，心情感覺很雀躍。「努特，今天開始我們每天早上都可以去園內散步了。」努特還不知道散步究竟是什麼樣的遊戲，但是跟著打開門大步往前走的馬提亞身後，發現來到一個不是活動場的地方。四面八方不斷湧入許多陌生的氣味，但周圍並沒有其他生物。

鐵絲網的對面有好幾隻身穿蛋黃一樣粉嫩顏色外套的小鳥忙碌地飛來飛去。努特聽過這些聲音，但這還是第一是見到面。原來偶爾會乘風而來的那股香味，就來自住在附近的這些鳥啊。籠子前的麻雀不知在啄著什麼。麻雀可以自由飛到任何地方，可是籠子裡那些漂亮的鳥卻沒有自由。

「住在這附近的都是從非洲來的鳥。怎麼樣，很漂亮吧？他們的國家很漂亮，一整年都會開出紅色、黃色的花朵，所以穿著花俏反而比較不引人注意。自從有工廠出現後，人類就開始想穿灰色的衣服。」

看到那些鳥，努特漸漸覺得難為情，好像只有自己身上的顏色跟大家格格不入。對了，馬提亞跟克里斯提安雖然不像這些鳥這麼花俏，也會穿著有藍色、綠色、褐色的衣服，只有內衣是白色的。但努特身上只有白色，就像是只穿著內衣一樣。大概就是因為這樣所以那些鳥都對努特視而不見吧。真想穿上褐色毛衣、穿上牛仔褲。

鳥兒在唱歌。可能是被害妄想症吧，但總覺得歌詞聽起來就像「熊啊熊啊，穿著內衣在散步」。努特當場滾了一圈。渾身沾滿了沙，手臂、肩膀、側腹部變成微微的褐色。接著又滾了一次，這次試著摩擦背部。剛好覺得有點癢，這樣很舒服。馬提亞轉過頭看到，急忙說道：「你在幹嘛！」把努特抱起來。「你看，都弄髒了。都還沒走到河馬那邊，怎麼就學會在泥巴打滾了呢？真是奇怪。」

隔著欄杆，遠方可以看到熟悉的岩石堆。「看，那就是你平時玩的活動場。」平時踏在自己腳下的岩石堆，現在在另一邊。努特試著把手放在欄杆上。耳邊彷彿聽到了觀眾的歡呼聲。現在自己正從對面看著平時的遊戲區。所謂「對面」是什麼意思呢？努特在腦袋裡轉了一百八十度，讓自己換上鳥的視點，飛上天空。從上方往下俯瞰，開始覺得周圍的世界不太一樣。對了，如果總是從空中俯瞰，那來到「對面」就沒什麼好怕的了吧？「努特，你在看什麼？在找北極星嗎？現在已經早上了，再怎麼找天空上都只有太陽。走吧。」

沿著欄杆往前走，眼前開始出現用木樁和稻草作的柵欄，後面有一片鐵絲網，再後面是草地，上面有幾隻白色的狗排成一圈坐著休息。他們細長的臉長得很貴氣，輪廓鮮明，四腳瘦骨嶙峋，看起來不怎麼強壯。跟自己一樣屬於穿白色內衣的內衣屬。「來這裡可以看得更清楚。這是從加拿大來的狼一家。」馬提亞對努特招招手，來到玻璃牆前。

一發現努特，看起來最強的那隻公狼皺起鼻子，咧嘴露出牙齒起身開始低吼，慢慢走近。聽到他的聲音之後在一旁睡覺的母狼也配合著開始吼叫，從斜後方跟了上來。接著其他夥伴也陸續起身，站成一個三角陣型往這裡接近。看起來就像好幾隻動物集結成一隻動物一樣。這麼一來即使個別的狼不怎麼強，也能從四方一起攻擊、撕咬敵人吧。努特身體一顫，鑽進身邊的馬提亞雙腳之間藏起來。「不要緊的，玻璃另一邊有很深的溝。狼過不來的。」狼群停在溝渠前。「對了，努特很怕狼是吧。我懂你的心情。狼很團結，總是成群行動。他們內外之分相當清楚，有時候還會殺掉闖入的外來者，所以才會擺出那種態度。但他們沒有惡意。你們北極熊向來獨來獨往，大概無法了解他們的想法吧。」

再往前走，眼前出現一片大岩石堆，但主人好像不在。「那裡住的是亞洲黑熊，好像沒出來。可能因為時差的關係還在睡覺吧。他是來自亞洲的熊。另外那邊是馬來熊，馬來西亞也是亞洲的國家。」

也就是說，有美麗小鳥的地方叫非洲，有很多熊的地方叫亞洲，剛剛那個有狼的危險地方叫加拿大吧。

回到房間，努特肚子餓極了，把整張臉都埋進碗裡，專心吃著東西，因為吃得太猛還噎到了。「喂喂喂，要細嚼慢嚥。」說是這麼說，但努特吃的東西裡沒有太多需要咬的東西。可能是飼養員們覺得多給他吃些好消化的東西、讓他盡快長大，就不用擔心他有生命危險了吧。不只北極熊，大部分的熊剛出生時都小得出奇。克里斯提安說，因為這時候熊在冬眠，在小一點的時候生下來是很聰明的方法。但是儘管如此，大家對於體型小這件事似乎一直充滿焦慮，就算克里斯提安不斷強調努特每天體重增加了多少，還是會收到很多類似「聽說北極熊寶寶很難養大，是不是很容易死掉？」的問題。不管被問幾次，克里斯提安都篤定地回答：「不，現在已經完全沒有死掉的危險。」這讓努特很安心。「不管從什麼角度判斷，都已經沒有生命危險了嗎？」「沒有。」「那麼死亡的機率是零囉？」這些記者好像很期待努特死掉一樣。「當然不可能是零。

因為我們自己也不知道什麼時候會死，不是嗎？」克里斯提安回答時好像顯得有些不耐煩。

「努特沒死真是個奇蹟。」園長來到房間跟克里斯提安談話時萬分感慨地這麼說。原來如此，沒有死是一種奇蹟啊。努特很震撼，就像有人從後方打了他頭一記一樣。克里斯提安也點點頭：「不過其實有不少北極熊都是人類養大的。我之前查過，光是德國，這二十五年來就有大約七十頭。」說著，園長清了清嗓子：「這些統計數字我們不需要告訴記者。儘管有其他命運相似的熊，但是唯有努特引起關注這絕對不是偶然。這好比死而復生的人很多，但是只有耶穌受到關注。這表示努特誕生在特殊的星星下。他誕生時就背負著義務，要成為眾人希望的象徵。」園長發表了滔滔不絕的演說。

一說到「開園前的散步」這幾個字，馬提亞好像會很開心。所謂開園是指有一扇大門，打開之後一些無關的人，也就是不像馬提亞、克里斯提安或園長、努特這些在動物園工作的人，其他外部的人也能進入動物園。更正確地說，受到開園時間控制的只有現代智人，麻雀、烏鴉、老鼠、貓等等，都不受開園時間限制，可以自由出入。

想看努特的人絡繹不絕，因此園方正式決定，讓努特每天開園後在活動場上玩兩個小時。克里斯提安挖苦地將這段時間稱之為「表演」。

記者們將之稱為「自由行動」，但是克里斯提安苦笑著對馬提亞說：「會有『自由行動』的，是指白天從事勞動、晚上被監禁的囚犯吧。他們的自由時間就是勞動時間。稱之為『表演』還好一點。」

表演本身很愉快，但是學不到任何東西。比起來開園之前只跟馬提亞兩個人去散步更能學到許多東西。動物園這個地方非常大，有很多生物只能經過他們身邊，無法有更深入的交談。長頸鹿和大象對努特來說只是在遠方微微搖擺、一邊移動的影子。老虎就像是在綠色庭園裡忽左忽右、忽右忽左機械般來去的機器人。海豹散發著身上迷人的晶亮黑光。看到之後努特差點就要從欄杆下方鑽過去撲向對方。千鈞一髮之際被馬提亞攔住，在那之後他就再也不肯帶努特去海豹那邊了。還有些長得很像現代智人的動物。

養成早上散步的習慣後，園長趁克里斯提安來的時候過來找他商量：「有很多記者要求來採訪晨間散步，你覺得如何？」園長表示：「現在報上這麼頻繁地出現努特的報導，都是你們的功勞。網路上甚至還有專門報導努特新聞的網站。可是如果沒有新消息就成不了新聞。所以希望下週報導努特的散步，再下週來個努特的游泳教室，繼續維持熱度。」馬提亞吞了一下口水，低著頭。克里斯提安像在袒護馬提亞一樣站了出來：「請媒體再等一下。萬一散步中努特被攝影機驚嚇、掉進棕熊籠舍外圍的溝渠就不好了。而且假如有狂熱粉絲知道他有散步的習慣，在開園之前翻牆進來怎麼辦？狂熱粉絲真的很可怕。運氣不好的話努特可能會步上約翰・藍儂的後塵⋯⋯。」聽到這裡園長大概也了解狀況，將左手在鼻子前擺了擺，離開房間。

外出散步的日子每天都能認識新的種族。有個傢伙穿著緊身的性感馬球衫坐在樹上。「要不要去跟馬來熊說說話？」馬提亞這麼對努特說。對方看起來沒什麼架子，也不是太兇猛，所以努特怯生生地上前：「今天天氣真熱呢。」對方沒好氣地回答：「哪裡熱了，冷得要命。」「那是因為你穿太少了才會覺得冷。看看努特，身上穿了很棒的毛衣呢。」努特反駁他，馬來熊笑到擠出滿臉皺紋：「你自己叫自己努特？哈哈哈，你這隻第三人稱的熊。太有意思了。還是說你還沒長大？」聽到對方這樣嘲笑自己，努特很生氣，再也不想跟馬來熊說話。名字就是努特，叫努特有什麼奇怪的？不過被這麼一說努特也開始覺得在意，腦子裡除了這件事再也無法思考其他事。

努特開始認真聽馬提亞和克里斯提安的對話，確實，馬提亞不會稱呼自己為「馬提亞」。「馬提亞」是其他人稱呼馬提亞時用的字，他自己不會這麼說。之前都沒注意到，但這現象實在太奇妙了。那要稱自己的時候該怎麼說？仔細聽聽，原來要說「我」。更令人驚訝的是，克里斯提安也稱呼自己為「我」。大家都叫自己「我」，這樣竟然不會混淆？

隔天早上出門散步時，馬來熊還在後面的洞穴裡蓋著毛毯睡覺，但是他的鄰居亞洲黑熊已經站在岩石上。馬上來用用「我」這個字吧，努特先清了清嗓子引起對方注意後開口：「我的名字叫努特。」聽到之後亞洲黑熊瞪著他那對小眼睛看過來，然後大叫：「好可愛！」

「可愛」這兩個字主要是纖弱年輕雌性現代智人會使用的字，沒想到如岩石般粗獷的亞洲黑熊也會用這樣的字，真讓人意外。「那是什麼語？」「是我祖母出生的佐世保那個國家的語言。不過在這裡偶爾也會聽到。」「是什麼意思？」「是指很喜歡很喜歡，喜歡到幾乎想拿起來吃。」

聽了之後我落荒而逃。才不想被亞洲黑熊吃掉呢。馬提亞好像聽不懂動物的語言，他慢慢追在我身後：「喂，努特，怎麼了？不用跑這麼快啊。話說回來，你不覺得亞洲黑熊的領口該送乾洗了嗎？弄得好髒啊。不過好像應該先把你整隻丟進洗衣機。你什麼時候學會在沙子裡滾的？想染上保護色嗎？因為柏林的冬天是灰色的？北極的冬天一片雪白，一定很漂亮吧。」說著，他忍不住笑了起來。

但是「喜歡到幾乎想拿起來吃」的可愛到底是什麼意思？在亞洲黑熊的故鄉佐世保國，有吃可愛東西的習慣嗎？我看到好吃的食物也不會覺得可愛。對我來說可愛的東西就是馬提亞，可是我並不想吃馬提亞。也就是說，在我心裡可愛跟美味兩件事無法連結在一起。

散步是很好的學習，但是學習這件事好像很容易在心裡留下傷痕，散步回來時我總是很疲倦。比方說用第三人稱來稱呼自己是小嬰兒才會做的事、喜歡到幾乎想吃掉等等，總之，聽著其他人說的話我就忍不住感到危險。而且開始使用「我」這個字後，其他人的話語好像也開始重重衝擊我的身體。

累到想睡時，我就會覺得要是能只跟馬提亞兩個人在一起該有多好。只有我們兩個人在一起的時候就像只有一個人一樣，可以從肩頭卸下「我」這個名稱的帶來的新重量。但是睡了一覺恢復精神之後，比起跟馬提亞兩個人一起玩，我又開始想到外面的世界去。

只有一次有個攝影師跟著我們一起去散步，不過我並沒有發現。聽說是因為克里斯提安堅持人太多會很危險，最後只有一個攝影師能進來。電視新聞報導過當時拍下的影像，我也看到了。克里斯提安佩服地對馬提亞說：「明明知道有人在拍攝，你還是表現得這麼自然。有好幾十萬人都緊握雙手在緊張祈禱，不知道努特能不能平安長大，你看起來卻像是在跟撿來的雜種狗一起散步一樣。」「要是努特真的是撿來的雜種狗不知道該有多好。」「但是明星的存在也很重要啊。明星的宣傳活動可以給社會帶來影響。我希望努特可以成為聖女貞德，高舉阻止地球暖化的旗幟站在抗議行動的最前面。」

散步可以學到很多，但表演就是一種工作。我出於本能想分析哪些舉動不會讓觀眾覺得無聊，但這件事相當複雜，假如太過刻意或者過度設計大家反而不接受。同樣的東西一直反覆觀眾會厭倦，老是些有趣的動作觀眾也不買單，必須要掀起一波攻勢，當觀眾有了動靜就迅速撤退，等一切都沉靜下來後再次進攻。最好能像這樣交叉組合。

我自己偷偷把聚集了棕熊、亞洲黑熊、馬來熊、懶熊的那條路稱之為「眾熊之路」。往來於這條眾熊之路，我漸漸知道自己跟棕熊、亞洲黑熊、馬來熊還有懶熊之間那種籠統的共通形象，好像就是馬提亞口中的「熊」。

每隻熊都有位於後方的寢室，晚上會回寢室睡覺，到了早上就會來到正面有游泳池的寬闊岩石露臺。

只有貓熊這種熊住在距離稍遠的地方，他住的地方沒有露臺，是個被竹林圍起來的籠子。馬提亞說過：「克里斯提安一直細心照顧的陽陽那隻貓熊死了，他很難過。多虧了你他才終於從悲傷中重新站起來。」我試著想像有什麼東西消失後覺得寂寞，之後又有因為其他東西出現而重新站起來的感覺，這時貓熊停止吃竹葉，一直盯著我。「你也挺可愛的。不過你最好小心一點，可愛可能是絕種的徵兆。」我聽了一驚，問道：「這是什麼意思？」「因為快要絕種了，必須讓人類覺得不能讓我們絕種。這時候自然就會讓我們變得很可愛。不然你看看老鼠。就算被人類討厭他們也完全不在意，因為他們沒有絕種的危機。」

出門散步之前我總是很緊張，因為不知道這天會聽到什麼驚人的話題。晨間散步時馬提亞的肩和背總是很放鬆很柔軟，小腿則充滿力量。但是等到散步結束接近表演的時間，他就會開始坐立不安，這時候如果跳到他背上，會發現他的肩膀變得很僵硬。至於我，因為我知道表演一定會成功，所以沒有去散步時那麼緊張。

來到活動場上，馬提亞好像覺得不能有片刻休息，他會接二連三丟出許多遊戲，但我知道那並不是因為他想玩，只是為了取悅觀眾才拚命地玩。摔角遊戲時我可以直接感受到馬提亞手的溫度，不管玩幾次、怎麼玩都不覺得膩，問題在玩球的時候。「努特看我的！」馬提亞雖然會把球丟過來，但是每一顆球我都不喜歡，比方說那顆寫著「全球、革新、溝通」的黃球，帶著一種叫人無法信任的橡膠味，我一點也不想碰。不過那顆球聽說是地位很高的人送的禮物，我如果不管那顆球，馬提亞就會明顯地開始焦慮。我覺得馬提亞很可憐，只好撲向那顆球，可是我不想抱著球，於是便用手用力打出去。這時如同預期，觀眾會響起一片歡聲。

接著馬提亞會朝我滾來一顆紅色平凡的球，我雙手接過球，就這樣抱著球仰面躺著，輕輕踢腿。觀眾一片鼓譟，似乎很滿意，大家都滿懷期待，雀躍地凝神望著我。我不知道該如何回應他們的期待，決定繼續躺著休息，這時其中一個觀眾大喊：「你要躺到什麼，快射門啊！」之後響起一片笑聲。

我心想，不能這樣下去，但是又不知道該怎麼辨好，於是直接躺在地上把雙手抱的球踢出去，一不注意球就離開我的手飛走了，沿著石坡滾下去，掉進岩石堆下的游泳池裡。現代智人們看到球掉到水裡頓時開心極了。真是幼稚。

這時我領悟到，發生意外就是最有趣的事。我自己並沒有料想到球會掉進水裡。這樣才好。我聽到一個小女孩說：「快跳進水裡把球撿回來啊。」可是我還沒有學游泳，不打算走進水裡。

「你的表演還挺有趣的嘛，真讓我刮目相看。」那個披著一身閃亮白色毛皮的美麗老婦久違地出現在我夢中，誇了我。她身體還是一樣龐大，但是走近了面對面，發現我自己好像也長高了一點。「沒有人教，就知道怎麼樣自己打造舞臺。而且沒做什麼特別的事，只是正常地玩，卻下了一番功夫讓這些遊戲看起來有趣。這或許是一種新的藝術呢。」「妳到底是誰？是我的祖母嗎？」「這問題沒有那麼簡單。我是你的祖母以及之前好幾代的祖先的重合。從正面看會覺得只有一個人，但我不是一個人。我包含了你的祖母和她的母親以及母親的母親。」「也包含我的母親嗎？」「我是死去女性的代表。你母親還活著吧？為什麼不去找她？」

表演結束一回到房間，馬提亞就鬆了一口氣，他會泡杯咖啡、攤開帶來的報紙。我一直以為報紙是用來揉成一團踢著玩、撕著玩的玩具，但是馬提亞每天早上都會出聲朗讀我可能感興趣的報導，現在我對報紙是讀物的印象越來越深刻。

報紙上刊載了很多新奇的故事。他念了一篇某間動物園偷偷把死掉的鱷魚或袋鼠肉賣給野味餐廳賺錢的醜聞，聽了之後我想起亞洲黑熊說的「喜歡到幾乎想拿起來吃」，嚇得渾身發抖。馬提亞嘆了一口氣：「好可憐，真同情他們。」本來以為他同情的是被做成牛排的袋鼠，但似乎不是，他補上一句：「每間動物園的財政都很困窘呢。」一邊聽馬提亞讀報一邊跟著看，我漸漸也能認字了。最早學會的是「ZOO」（動物園）這個單字裡，會出現兩次的O這個字母。

我們幾乎每天都會收到信或包裹。馬提亞一一打開迅速檢查內容，然後丟給新買來的大垃圾箱當飼料。有時我們還會收到一整個箱子。「這是粉絲寄給你的禮物，但是巧克力對你身體不好，我轉寄給慈善團體喔。」他都不讓我吃裡面的東西。

有一天，馬提亞帶著一個特別大的巧克力禮盒進了房間。但是那似乎不是巧克力，打開之後，裡面有個類似電視的東西。「你知道這是什麼嗎？先在這裡輸入你的名字，Go! 看，這些全都是你的影片呢。可以在網路上看到喔。」馬提亞噠噠敲著鍵盤，然後出現了一個白色動物在岩石上滾動的影像。看著看著我漸漸覺得自己好像不在這裡。「認得出來嗎？這是你，很可愛吧。」啊，怎麼連馬提亞都這麼說，我明明就在這裡，他卻迷上了影像裡的努特。怎麼會這樣，如果那是努特，那麼這裡的我就不是努特了。

我們又看了一會兒，克里斯提安一臉憔悴地進了房間，他問道：「你終於裝電腦了嗎？」馬提亞皺著眉：「其實今天動物園的公關部拜託我，問能不能回粉絲信。最近的粉絲不再只是單方面熱衷於明星，還會希望明星也注意到自己。聽說有些人覺得被忽視，還會因此殺掉明星。現在努特每天都會收到上百封粉絲信。他們說就算不可能全部，也希望盡可能回信。比方說像這種。」馬提亞念了幾封信：「小熊你好，我叫梅麗莎，今年三歲，睡覺的時候每天都在想你。」「給努特，為了不讓北極的冰繼續融化，我打算買電車。法蘭克。」「我明年就七十歲了，雪山健行是我一直以來的興趣。去山上時，我會帶著護身符跟你的照片。君特。」「我的興趣是編織，我想織一件毛衣給你，你喜歡什麼顏色？瑪莉亞。」馬提亞幫忙翻譯用英文寫的電子郵件。「不好意思我用英文寫。你看得懂英文嗎？住在北極的人都說什麼語言呢？約翰。」馬提亞覺得很有趣，看了看努特的臉，但是我一點也不懂所謂電子郵件跟粉絲信到底哪裡有趣了。

散步時我發現，有很多生物就算我非常好奇地一直看，對方也對我一點興趣都沒有。就像生長在美麗非洲的鳥，我再怎麼熱情他們都對我漠不關心。河馬跟犀牛慢慢走路的樣子很吸引人，可是他們也從來不看我一眼。相對之下，母的亞洲黑熊跟棕熊一到我經過的時間，就會打扮得漂漂亮亮在外面等我，還會對我拋媚眼，真可怕。

多虧了克里斯提安，現在我也知道雌性動物有多危險。被記者問到：「聽說用奶瓶養大的熊不知道該怎麼接近母熊，還被打到受重傷，努特這方面沒問題嗎。」聽了之後克里斯提安自信滿滿地回答：「請放心。除非他大到不會因為被母熊攻擊就受傷，我們是不會把他跟母熊放在一起的。」克里斯提安這話的意思是說，我因為喝奶瓶長大，有可能會採取容易造成女性誤會的態度，另外他還覺得我現在的體型如果接近女性，有可能會受傷。

隔天早上散步經過時，一隻母棕熊大膽地跑出來糾纏我：「等一下啊，你不要老是跑那麼快嘛。」馬提亞停下腳步，我也只好停下來：「你們北極熊如果只靠自己近親相姦，很快就會絕種的。」棕熊說道。馬提亞不知道是聽得懂熊說話，還是頻率跟熊很接近，也在想一樣的事。「最近自然裡也出現很多北極熊跟其他熊的混種。當然在動物園裡不會這麼做啦。現在北極熊的生活範圍越來越小，接下來應該會持續南下吧。」我心想，才不要南下呢。這時母棕熊將鼻子往我這裡推了推。「現在有很多國際結婚的案例。純種一定會滅亡。那你要不要跟我試試看？」

馬提亞看看努特，又看看棕熊：「你是不是憑本能知道自己跟棕熊是親戚？你跟棕熊確實可以結婚。馬來熊雖然是親戚，可是關係比較遠，最好斷了結婚的念頭。不過棕熊是可以結婚的。」

我心想，才不要跟那個骨瘦如柴乾巴巴的馬來熊結婚呢。等我長大以後，我要跟馬提亞結婚，一直一起生活。馬提亞並沒有跟我說明過現代智人跟熊的基因像不相似、可不可以結婚。來到馬來熊的活動場前，我又來回比較了一下馬提亞跟馬來熊還有我自己。再怎麼看，比起馬來熊我都更像馬提亞吧。

「怎麼？第三人稱的熊先生在煩惱三角關係嗎？」知道自己正被關注，自以為是的馬來熊從樹上這麼對我說。他的語氣讓我聽了很生氣，我冷冷地反問：「你說誰？」他的鼻子周圍擠起一圈目中無人的皺紋回答道：「當然是你跟馬提亞還有克里斯提安啊。」我回他一句：「我們三個人感情很好。」煩人的他又說：「但是你又不知道馬提亞和克里斯提安在動物園外面愛著誰，對吧？」而且他還濕潤著眼眶加上一句：「我下個月就有新娘了。」「從馬來西亞來嗎？」「怎麼可能！從慕尼黑來的。」

獨處時我陷入沉思。馬提亞平時都在動物園外做什麼呢？能夠離開房間我覺得很開心，但是動物園還有外面的世界，外面還有外面。到底要去到哪裡才能真正到達再也沒有外面的真正外面呢？

一邊呼吸著晚上被雨水洗淨的空氣一邊散步，一隻蜥蜴從旁邊的草叢探出頭來。

他突然停下，迅速動著橫行的四肢往前進、然後停下，不斷重複這樣的動作。最後畫出一個弧形，再次躲回原本的草叢裡。馬提亞告訴我他是恐龍的子孫。「他的祖先身體非常巨大，比象還要大，所以我們哺乳類都很怕他們，怕到白天幾乎不敢外出。」我想像著一只巨大的蜥蜴，覺得難以置信。沒想到我竟然能夠清晰地想像從未見過的恐龍長得什麼樣子。非但如此，幾天後再次遇到同一隻蜥蜴，我的網膜裡出現了如同大象一般大小的蜥蜴，讓我嚇得跳了起來。看到之後馬提亞並沒有笑。「害怕嗎？不過害怕就表示你有豐富的想像力，什麼都不害怕的人表示腦筋很遲鈍。」說著他眼睛望著遠方。腦筋遲鈍，他說的是誰呢？

我跟馬提亞眼睛都沒有離開蜥蜴。看到那隻蜥蜴將那心懷鬼胎的尾巴咻地一聲藏進草叢裡，我鬆了一口氣。「哺乳類有太多要擔心的事了，那就是我們的特徵。」馬提亞說著，嘆了一口氣。

有一天克里斯提安擔心地問馬提亞：「你家人都還好嗎？」「很好啊，不過可能是因為我回到家時都很累了，現在不太了解自己孩子在想什麼。」「你可能比較懂熊在想什麼吧。」「不能這樣比較。」「而且你什麼事都會跟努特說，但是卻瞞著你太太一些事吧。」「才沒有。」「有好太太跟孩子，你真是幸福。」「你不也一樣嗎？」

我假裝自己沒有聽到這些。

眾熊之路一直走下去，前方有個池子，上面架著一座橋。在橋上靜靜等待，有時候會看到鴨子游過。有一次看到跟在鴨子身後的三隻小鴨，馬提亞說：「不愧是鴨子的孩子，他們一出生下來就會就會游泳，真厲害，不過努特，你要練習才能學會游泳。你進過大臉盆，但是還沒有進過游泳池吧？」鴨子的孩子怕跟不上自己父母親的背影，在水裡拚命動著腳。「小熊會在母親寸步不離的照顧下度過兩個冬天。為了生存，他們得練習很多事。聽說在俄羅斯還有些動物學者會披上熊的毛皮，假裝是熊媽媽帶著小熊度過兩個冬天。我記得那隻小熊的母親好像被獵人殺掉了。現在這個季節對我們來說還太冷、不適合游泳。不過看來也是時候教你游泳了。」

隔天早上馬提亞沒有出門散步，他換上泳褲，帶著我衝進活動場下方的水裡。這時水面先是嘩啦嘩啦地碎裂開來，等到水完全包覆住馬提亞後，再次變得平坦。馬提亞的脖子不像鴨子一樣在正確的位置，所以看起來好像隨時會下沉，他細瘦的手臂用力划著水，臉上帶著笑，似乎想讓我安心，可是再過不久他一定會溺水的。我怯生生地來到水邊。馬提亞對我招手：「過來呀，過來呀！」但是我並沒有衝進水裡救他的勇氣。過了不久，馬提亞將頭左右搖晃，從水裡走出來，我這才放下心。不過也只安心了短短片刻。馬提亞看著我，再次跳進水裡。他真是有毛病！猶豫了很久，還是咬緊牙關跳了進去。我感覺到一種非常熟悉的物質緊緊環抱我的身體，真是不可思議。水，我原本就知道這個東西。

在水裡胡鬧相當暢快。中間一度鼻子進了水，還因為不斷划水讓我手部肌肉很酸，可是直到馬提亞說結束了，我還是不想離開水。之後我漸漸覺得睏，這才爬了出來。我抖著身體甩掉水花，身體應該乾了。

「游泳很好玩呢。」隔天我馬上向馬來熊炫耀，馬來熊搔著肚子別過臉去。「真蠢，我可沒有游泳的閒工夫。現在我剛好在進行一個偉大計畫，我要用馬來熊的觀點來寫馬來半島的歷史。」我不知道這隻馬來熊會寫東西，這時我也忘了心裡的不甘，好奇地問：「馬來半島很遠嗎？」馬來熊露出嘲諷的表情：「當然很遠。不過對你來說的遠到底有多遠呢？你根本沒去過北極吧？」他哼笑了一聲。「我為什麼要去北極？」「喔？，你現在倒是學會用第一人稱了呢。唉，當初那隻第三人稱熊寶寶真是令人懷念。北極熊一旦沾染了文明就變得無聊了。沒有沒有，開玩笑的啦。你不去北極也無所謂，但是北極就快消失了，你一點都不擔心嗎？我雖然不是出生在馬來半島，但是我還是很擔心祖先住過的地方未來的狀況，所以我正在研究馬來半島上多文化共存的歷史以及可能。你也應該稍微思考一下北極的事，不要一天到晚只會散步游泳跟玩球。」「我的祖先不是來自北極，是來自東德。」「喔？千年前出生的祖先也住在東德嗎？你真是沒救了。」

懶熊跟馬來熊不一樣，一開始跟我說話時態度就非常親切。「今天真適合午睡。」「對啊，天氣真好。」我記得我們曾經有過這樣的交談。不過當我第二次見到同一隻懶熊，對方的聲音嚴肅了起來。「你一天到晚這樣毫無意義地走來走去，用表演逗樂大家，這種人生有意義嗎？」他問我。「那你自己的生活又有什麼意義？」聽到我這麼反問，他回答：「我在偷懶。偷懶也是很重要的工作，而且還需要勇氣。大家都期待你能夠在眾人面前玩耍，那你有勇氣不去玩耍、讓觀眾失望嗎？你每天早上都開心地出門散步，你有強大的意志力放棄這份樂趣、偷懶留在房間裡嗎？」

聽他這麼說，我確實沒有讓觀眾跟馬提亞失望的勇氣。我沒有高尚的志向能拒絕外面所有誘惑，讓自己的意識偷懶。

跟其他動物交談之後，我開始對自己的生活方式失去了自信。自從第一次見到加拿大的狼，我因為太害怕，每次看到他們現身就會盡量繞遠路，有一次沒注意他們老大就站在柵欄旁，不小心走到那附近，對方對我說：「喂，聽說你總是一個人到處亂晃，你沒有家人嗎？」「沒有。」「你母親呢？」「馬提亞就是我母親。你看，前面那個就是他。」「你跟馬提亞長得一點也不像啊。你一定是小時候被拐來的吧。看看我的家人，大家都長得很像對吧？」馬提亞轉身走回來：「狼長得真漂亮，身材很苗條。不過我比較喜歡熊。你知道嗎？狼會一直不斷打架來決定誰最強，而且只有群體中最強的公狼跟母狼可以繁衍後代。我不喜歡這樣。」馬提亞不理解狼說的話，看來狼也一樣不理解馬提亞說的話。

也許這種討人厭的傢伙說的話根本不用在意，但我還是忍不住在意。他說我跟馬提亞長得不像、我是被拐來的。我一整天腦子裡都在想這些事。

報上經常會刊登跟我有關的報導。克里斯提安把剪報帶來後，馬提亞會出聲念給我聽，有時候晚上我還會自己再重讀一次。例如「努特游泳教室終於開始」這類新聞。自己的事被印刷在報紙上，感覺好像自己的一部分被奪走一樣，讓我覺得非常不安。我在游泳的時候，努特應該存在於那個正在游泳的我當中，不應該存在隔天的報紙裡。都是因為大家知道了努特這個名字，所以擅自把這個名字帶走，想用的時候隨意使用。

有一天我讀到一篇讓我相當在意的報導。自從讀了那篇報導之後，我開始每天讀報。「出生之後由於母親棄養，努特是被人類餵養長大的。游泳這類生存技巧也都是由人類一一教導，慢慢成長。」棄養是什麼意思？好奇心一起，我就想讀完每一篇跟自己有關的報導。說不定能從其中找到答案的關鍵。我期待能找到一篇，就像打開大門的鑰匙一樣，所以貪婪地看了許多的文章。這是很好的認字練習，但我遲遲找不到那篇能成為鑰匙的報導。

我還看到類似像這樣的報導。「母親托斯卡在生下努特和他的兄弟之後顯得一點也不關心。動物園方判斷孩子有生命危險，於是在幾個小時後將兩隻小熊帶離托斯卡身邊。當時托斯卡一樣一點反應也沒有。通常即使是棄養的母親，看到小熊要被帶走也都會暴躁失控，往往得先施打安眠藥。專家判斷托斯卡可能是在東德馬戲團工作期間壓力太大導致神經衰弱，喪失了育兒的本能。」

我害怕的那一天突然來了。跟馬提亞玩的時候一不小心讓他受了傷。他皮開肉綻、還流了血。馬提亞沒有發出任何叫聲。不幸的是當時正在表演，觀眾看到見血十分驚慌，我們一度退場。克里斯提安幫馬提亞消毒、纏上繃帶。我想去舔消毒液、弄倒了瓶子，被克里斯提安罵了。

之後我們再次來到活動場，但是有生以來我第一次全身感受到觀眾強烈的敵意，不禁顫抖。「各位，這麼小的傷，一點都不需要在意。」馬提亞舉起手，罕見地大聲對觀眾說話。不知為什麼，這時現場響起一片掌聲。

表演結束後克里斯提安表情凝重地在房間裡等待。「繼續這樣下去，下週他的體重就會超過五十公斤了。很久以前我說過要以五十公斤為界，我也想過要找些好理由提高到六十公斤。不過現在被人看到你受傷，再說從五十公斤增加到六十公斤也是一轉眼的事，就算延長也只能拖過一時。你們終究得分開。現在正是時候。」

克里斯提安說個不停，說著說著激動到都破音了，他用手背開始擦著眼睛周圍。看他這個樣子馬提亞把手放在克里斯提安肩上安慰他：「又不是死別，這代表他終於能自立而道別，是值得高興的事。」接著又看看努特：「努特，我教過你怎麼寫電子郵件吧？偶爾要寫郵件給我喔。」克里斯提安發出我從來沒聽過的奇怪聲音，我看著他，沒想到他竟然嚎啕大哭了起來。

那天，我搬進了一個有床鋪的房間，床上鋪著稻草，非常舒適。馬提亞用手拍了拍床，檢查床底下，看看有沒有壞掉的地方。這房間有一扇裝了格柵的門，從這扇門隨時可以走到表演的活動場。另外一邊有送食物進來的小門。馬提亞把那扇門開開關關好幾回，對其他人做出很多仔細的指示。他閉著眼睛在床上躺了十秒左右，然後突然跳起來，沒看我一眼就匆匆離開了房間。

隔天開始馬提亞再也沒來過。早晚會有人來送飯，都是些陌生人，不是馬提亞也不是克里斯提安，早上打開門來到活動場，遠方有觀眾。觀眾的人數少了很多。傍晚聞到食物的味道我就會走回房間。馬提亞留下的電腦現在還放在我床旁邊，但我想不起該怎麼打開開關。床的一角放著嬰兒時期一直陪伴我的那隻無趣填充玩偶，垂頭喪氣看起來很疲憊的樣子。

來到活動場我也無心表演。背後溫暖一些好像可以稍微減緩我的悲傷，所以我趴在岩石上一動也不動，讓太陽晒著我的背。「努特看起來好悲傷喔。」小女孩的聲音乘風飄了過來。「可能是因為沒人跟他玩的關係吧？」看來小孩子很懂我的心情。大人一旦不需要察言觀色就會把內心的殘酷化為言語傾瀉出來。「你看那爪子，聽說他抓傷了飼養員。」「果然長大後就變得很危險。畢竟是野生的，跟狗不一樣。」「現在一點都不可愛。」

「生下不久就被母親拋棄。」跟馬提亞分開後過了一陣子，我才想起這句話。之前因為馬提亞在身邊，我從來不需要思考跟出身有關的祕密，但是現在我開始好奇了。代替托斯卡把我養大的是個男人。我現在終於知道這是相當罕見的奇蹟。馬提亞並不是空拿哺乳類的名稱來開玩笑。他確實不斷在替我哺乳，是哺乳類的驕傲。

馬提亞非但不是我的親生父親，甚至不是我的遠親。狼說得沒錯，我們從臉到屁股沒有一處相似。狼對於自己家族長得很像這點相當自豪。但是我反而很尊敬能把跟自己一點也不像的動物餵養長大的馬提亞。狼只想到自己家族的繁榮，但馬提亞的眼光卻看得更遠。說不定已經遠到北極了吧。

馬提亞明明有跟自己相同種族的美麗妻子以及遺傳了他基因的可愛孩子，卻從早到晚陪伴在身邊照顧我。原因不只是覺得我可愛。有好幾億眼睛都擔心地注視著我小小的身體。假如我死了，那一瞬間廢氣將會在我們頭頂上凝結成蓋，地面上的溫濕度會逐漸上升，蒸烤我們所有人。北極的冰瞬間溶解，北極熊溺死，人類居住的城鎮也會接二連三被海水淹沒。如果奇蹟之人馬提亞用他指尖溢出的牛奶養大北極熊的孩子，那麼這個孩子將能夠遍讀全世界的哲學書及聖典，泳渡冰洋去拯救北極。世人心中抱著如此不切實際的期待。

聽起來很像是什麼英雄故事，實際上正好相反。當初的我相當不堪，就像隻被扒掉毛皮的兔子一樣。我在電視上看過一次。緊閉著眼睛，無力下垂的耳朵什麼也聽不見，手腳還很虛弱，撐不起自己的肚子。為什麼會以這樣的姿態出現在世界上呢？應該繼續待在母親肚子裡比較好吧？看到這段影像的人一定都這麼想。我也不想承認那是我自己。

之前我從來沒想過托斯卡為什麼不肯餵養我。她一定有什麼深意吧。父母親的想法孩子是不可能了解的，想也沒有用。這就是自然的哲理。我更覺得不可思議的是，為什麼哺乳類生下來之後不喝奶馬上就會死掉呢？鳥類的孩子即使母親外出也可以吃父親帶回來的蚯蚓。但是哺乳類正如其名，剛生下來時只能從乳汁獲取營養。所以我們無法像鳥那麼正向積極，老是愛回憶充滿乳臭味的往日。

另外還有一件很不思議的事，那就是只有雌性能分泌乳汁。假如拉爾斯也能泌乳，或許狀況就會有所不同？之所以一切責任都放在托斯卡身上，是因為從生理結構來看只有母親能餵孩子喝奶。馬提亞挑戰這種自然的荒謬，猶如從帽子裡變出鴿子的一場魔術。明明不是猴子，雜技師卻能在高處跳躍於樹枝和樹枝之間。馴獸師可以讓怕火的動物跳過火圈。馬提亞所做的事，也有著不遜於馬戲團的精彩。忘記是什麼時候了，電視上播放著亞洲馬戲團的表演，當時我第一次看噴水表演。身穿孔雀般華麗服裝的女人們從指尖汩汩冒出水。當時我心想，如果不是水而是牛奶，不知會是多麼精彩的表演。馬提亞對我來說，就是一個能從指尖裡變出牛奶的魔術師。睜開眼睛後我很快就知道馬提亞用上了奶瓶這種機關，但使用機關是魔術的常識，不會因為這樣而影響到我對馬提亞的驚訝與尊敬。

馬提亞不只餵我牛奶。他片刻不停地對我噓寒問暖，擔心我有沒有受傷，住在身邊照顧我。離乳之後還得每天準備好幾頓麻煩的餐點。

馬提亞讓我相信，他絕對不會拋棄我。他在臉盆裡放水，替我清洗身體，然後用毛巾擦乾。準備了食物之後很有耐心地等我吃完。他總是會把我吃得滿地的食物打掃乾淨。我們一起坐在電視前，他會告訴我畫面出現的人是誰。他會自己跳進水裡，教我游泳。他會發出聲音讀報給我聽。然後有一天，他什麼也沒說，就這樣消失了。

大概是馬提亞事先交代過吧，報紙跟以前一樣每天都會送來。是免費配送的柏林報紙，上面有很多彩色照片、字比較少。報紙上有很多意思我不太懂的新聞跟看了會覺得心痛的新聞，沒有讀了會覺得開心的報導。但儘管如此，我一開始看就停不下來，不知不覺中我讀遍了報紙的每一個角落。

那件事我也是從報上知道的。馬提亞因為心臟病發死了。起初我還不太知道死了是什麼意思，但是讀了好幾遍之後，「再也見不到」這幾個字就像一塊大石頭一樣砸在我腦袋上。當然，就算他還活著或許我們一樣再也見不到，不過也有可能見得到。人類將帶著這種「有可能」的念頭活下去，稱之為希望。現在那個希望死了。

報上說，馬提亞先是得了腎臟癌，之後心臟病發。上面還寫道，雖然是第一次發作卻很快就死了。哪怕只有一次也好，要是能在發作之前來見我一次就好了。為什麼在那之後他就不再來見我了呢？他可以偷偷在食物裡混進自己的口水，或者混在觀眾之中，叫一次我的名字啊。

報上寫了很多。雖然看了之後覺得沒什麼幫助，可是除了報紙之外我沒有其他的情報來源，所以每天我還是會讀遍報紙上的每一個角落。

漸漸地，開始有人說馬提亞之所以會死都是因為我的關係。我是被惡魔調包的孩子。惡魔把馬提亞真正的孩子跟我交換了。不管周圍的人再怎麼說，馬提亞一心以為努特才是自己的孩子，不願意回到自己親生兒子身邊。甚至還有人說他是被惡魔附身了才會這麼做。

動物園裡沒有叫做惡魔的動物，所以我從來沒見過。還有人說是我吸走了馬提亞的生命力。所謂的生命力是指牛奶嗎？馬提亞的喪禮只有親近的家人參加，我並沒有受邀。我不知道具體來說喪禮是什麼樣的儀式。大概是站在死者附近，只有親近的人才能夠參加、確認彼此親疏的一種行為吧？我明明跟馬提亞最親近，為什麼不讓我參加？

我還看到克里斯提安在回應訪問時說：「他也背負著許多壓力。」又是壓力。母親不願意養育我、馬提亞會死都是壓力的錯。但是我也沒看過壓力這種動物。這是種幻想中的動物。如果可以，我希望能跟馬來熊一起針對這個問題徹底討論一番，但是自從跟馬提亞分開，我再也不能自由在動物園內走動，再也不能跟其他人交談。

大概是因為這樣吧，我開始注意到過去從不曾關心的植物聲音。樹葉互相摩擦的聲音真的非常好聽。他們用我聽不懂的語言，讓我的心平靜下來。

來到活動場的日子，即使躲在樹蔭下還是熱氣騰騰，身體稍微一動就覺得體溫上升，全身快要爆炸，我決定游個泳。每當我進入水中觀眾就會開心地迅速舉起相機，但是一直待在水裡他們很快又會厭煩。觀眾的人數真的減少了很多。

一個下雨的早晨。抬頭一看，欄杆對面只有一個觀眾。他撐著黑傘站著。不過那一個人一直盯著我看，站著動也不動。風一吹，我覺得那個味道很熟悉，這男人是誰？我伸長了鼻子頻頻動著鼻孔，吸飽了氣息。是莫里斯，是那個會念書給我聽的夜班男人。看到我左右用力搖著鼻子，莫里斯也揮揮手回應了我。

馬提亞死了之後，討厭的事接二連三的發生。我裹著弔喪這塊黑色毛毯安靜地忍耐著疼痛，但俗世的惡意卻像蜜蜂一樣尖銳襲來。我得不斷抬手揮開這些蜜蜂。其中一項是財產遺產繼承問題。不是說我想爭取馬提亞的遺產。連自己累積的財產都沒有權利接觸的我，怎麼可能有收受他人財產的權利呢？問題不在這裡，而是兩個動物園之間開始爭奪因為我所累積下來的財產。我自己並沒有被法院傳喚，只能在報紙上閱讀審判的進展狀況，覺得真是很沒意思。

我父親拉爾斯所屬的新明斯特動物園向柏林動物園提起訴訟。他們認為因為我的走紅讓柏林動物園大賺了一筆，要求享有這些利益中的七十萬歐元。當我在報上看到那張把我身體變成歐元符號的諷刺畫時，完全沒了食慾。報上還寫著，有人寄了有毒巧克力到動物園指名給我。

報紙上寫道，確實有一條法律規定孩子的所有權歸屬於父親所在的動物園。有些評論家寫道，在人類社會裡這樣的法律明明已經過時，為什麼只有動物園還能套用這樣的法律，實在荒唐。總之，新明斯特動物園主張既然有這條法律存在，他們就擁有我的所有權，因此我賺的錢也屬於他們。對此柏林動物園表示，他們願意支付三十五萬歐元，但除此之外不可能再多支付一分錢。

之前我從沒思考過動物園靠我賺錢這件事。不止是因為來園者增加，聽說是因為他們銷售了許多努特商品。我知道現在有上百個長得跟我很像的玩偶依然堆積成山。其中有又小又硬的，也有大小中等摸起來軟乎乎的，還有非常巨大的。每當架上一空，就會有小卡車再搬來一大堆。而這成千上萬個複製品都一樣叫「努特」這個名字。我再怎麼大叫「真正的努特在這裡！」也沒有人聽。不止是玩偶，還有放上我的臉的鑰匙圈、咖啡杯、T恤、襯衫、V領衫、DVD、努特歌曲CD等。我以前在電視上看過這五花八門的商品。還有國王的臉變成了努特的撲克牌，以及頂端變成努特的紅茶壺、筆記本、鉛筆、手提袋、後背包、手機殼、皮夾，這些東西上面都有我的臉。

報上經常會刊載賺了很多錢後蓋大房子、買禮服、參加派對頻頻拍照的那些人。我對這些事情向來不怎麼關心。可是關於錢，以前我曾經讀過一篇有趣的報導，某個男人因為侵占公款被銬上了手銬。那個男人花了十萬歐元後被放出來了。我突然想起馬提亞當時曾經這麼對我說明。只要有錢，好像就能夠離開鐵柵。那麼付了錢，我是不是也能夠離開動物園呢？

早上來到活動場時還算好，太陽升起後每過一個小時熱度就會增加。一想到努特商品跟審判，頭就越來越熱，開始頭痛。我雙手抱著頭時，聽到寥寥數人的觀眾中有一個人喃喃念道：「連努特也因為不景氣而覺得頭痛呢。」

有一天，發生了一件讓我心情一轉的事件，就好像一直蓋著的牌忽然被翻到正面一樣。吃早餐的托盤上，深盤旁邊放著一封信。上面有莫里斯的味道。我立刻打開信來看，信上說柏林市長邀請我參加一場私人宴會，還說莫里斯明天傍晚會來接我。這次的招待來自市長，所以動物園准許我外出，但上面還仔細地說明，由於並非正式活動只是市長跟朋友們的私人生日宴會，因此不能告訴其他人。宴會會場是位於面湖高級飯店七樓一間有大陽臺的套房，屆時會有專車來接莫里斯跟我過去。

不知道是因為太陽下山，還是因為看到眼前那片有樹木包圍的湖水，走下專車，我久違地感到一股涼意。飯店入口有幾個穿著櫸木般深綠色衣服、繫著皮腰帶的男人正面色嚴肅地監視著。他們是真正的警察嗎？還是電視裡的演員在扮演警察？

我牽著莫里斯的手，穿過水晶吊燈照耀下空無一人的大廳，第一次踏進所謂的電梯。我在電視推理連續劇裡看過好幾次，但是實際上進到這個箱子裡，意識好像瞬間凍結，我開始疑惑當門再次開啟時，該不該相信眼前會出現另一個世界？

吵雜的說話聲像蜂群般包覆著我頭部四周。不知哪裡飄來了紅肉脂肪烤焦的香味。視野中到處都是被襯衫包裹起來的男人背後、肚子、屁股，看不見房間的另一頭。莫里斯牽著我的手，撥開人群往前進。一個滿臉通紅、身穿講究西裝的男人出現在我們面前。

這個男人很特別。我正在思考他到底哪裡特別的時候，他嘴邊堆起滿滿的笑，親吻了我的臉頰。這時現場響起熱烈掌聲。我感到許多視線投注在我們身上。莫里斯交給那個男人一個綁了緞帶的大盒子：「祝您生日快樂。」包裝紙上印了我的臉。我不知道裡面是什麼。直到他拿出來之前我都沒發現莫里斯準備了禮物。男人道了謝，親吻了我跟莫里斯的臉頰。他把禮物交給站在身邊的年輕男人，然後把一個裝了黃色液體的玻璃杯放在我手裡，跟他自己的玻璃杯輕輕碰了碰，發出叮鈴的清脆聲音。站在周圍的男人也紛紛舉起杯子，跟看不見的杯子互碰。

我低頭看著那黃色液體。小小的泡泡沾附在杯子裡，其中也有一些泡泡離開杯身往上升，來到水面後泡泡會噗刺一聲化為小小的水花後消失。我很想一直看下去，但這時候莫里斯在我耳邊輕聲說：「你最好別喝香檳。」替我換了其它杯子。「這個你可以喝。」我聽他的話喝了一口，是蘋果的味道。

剛剛那個男人體型並沒有特別大，聲音也沒有特別大。但是周圍所有男人視線都緊盯著他。當那男人一開口說話，大家就會馬上豎起耳朵聽。他可能是明星吧。看著看著我羨慕了起來。我小時候稍微動動手腳也能牽動好幾百個觀眾的情緒。吸引大家的注意後彷彿能呼風喚雨，自由自在地指揮空中的雲和太陽。真希望能再回到那個能在小小身體中感受龐大力量的時代。

受到大家關注的男人不知不覺中被人潮吞噬，消失了蹤影。我側耳靜聽隱約可以聽出他在什麼地方。站在周圍的男人形成了一個沉默的圈子。在圈子的外側，眾人交談的波紋像漣漪一樣，不斷往外擴散。

一個經過身後的陌生人推了我一把，我的鼻子撞上莫里斯的胸膛。一股令人懷念的奶油味，能再次見到他我很開心，衝動地舔了舔莫里斯的臉頰。莫里斯故意皺起眉頭給我看，不過似乎也不怎麼抗拒，他對身旁投以羨慕眼光的人得意地說：「不同的種族的規矩不一樣，接吻的方式也不同。」

肉香誘惑著我的鼻子。那個方向來了一群手上端著一盤盤食物的人。莫里斯看到我的表情，說道：「吃的要再等一下子。」我又等了一會兒，但實在受不了，正要朝發出香味的方向走去，莫里斯擔心地說：「那我去幫你拿，你在這裡安靜等著。拜託了。」說著他消失在人群中。他到底在擔心什麼呢？

沒辦法，我只好乖乖等他回來，這時有幾個男人走過來對我說話：「我在電視上看過你。」還輕輕撫了我的毛。

莫里斯終於回來，他的盤子裡放的是約莫老鼠大小的一小塊肉、三片馬鈴薯，還有一個蘋果慕斯。報上經常會報導市政府的赤字，但是這貧窮的程度和動物園比起來也相當令人震驚。我回過神，東西已經吃下了肚。「不能吃太多喔。」莫里斯在我耳邊輕聲說。我實在太無聊，走到陽臺上。湖水是一片漆黑，漣漪顫動著倒映湖中的月亮。

陽臺上有幾個人站成一圈，其中一個人話音十分清晰，沒有半點停頓。我不經意地聽著他們談話，發現他們好像在聊昨天電視上的脫口秀節目。那個男人正在模仿節目裡那個長得很像老鷹的人。「就算讓同性結婚，也不能允許同性伴侶獲得領養孩子的權利。這麼一來養大的孩子都會變得跟父母親一樣，以後我們國家就再也沒有人生孩子了！」幾個人爆出轟笑聲。「真是太離譜了。年紀輕輕梳著一頭企業元老似的髮型，還說出這種話。不過讓我很意外的是當時有一位年約八十、滿頭銀髮的優雅女士舉起手這麼說。」男人換了音色，開始模仿女人：「同性戀的父母親百分之一百是異性戀。也就是說異性戀父母會生下同性戀。依照你的理論，我們該禁止的難道不是異性夫妻嗎？」又有好幾個人爆出轟笑。「也不知道有多少觀眾明白她的本意。畢竟現在有越來越多人聽不懂挪揄、挖苦、戲謔、諷刺。我聽了太感動，忍不住在電視機前拍手叫好。不過那個人到底是誰？」「說不定是那本書的作者。對了，那本書的書名叫什麼？」

我還無法下定決心加入這個圈子，只好坐在稍遠的地方從後面看著每個人被緊身褲子包裹著的臀部。我下垂的臀部看起來就像穿著老舊工作褲一樣。之前我從沒在意過這種事，但是現在看到大家結實的臀部，頓時覺得難為情，不好意思站起來。我旁邊的椅子是空的，但沒有人過來坐，我覺得自己好像受到排擠，感到很寂寞，這時，一個身穿白色毛衣的男人左手拿著玻璃杯走近，對我說：「你看起來沒什麼精神。」那男人長得像貓一樣，很美。我怔愣地看著對方的臉，男人伸出右手自稱叫「米歇爾」。我並不知道這種時候應該報上自己的姓名，所以回答他：「水煮馬鈴薯加香芹。不過我更喜歡加了很多奶油的馬鈴薯泥。」米歇爾在他長長的睫毛和微微隆起的顴骨之間擠出陰影，笑了。「我很挑食，所以在宴會上什麼都不吃。在家也吃得很少，大概是因為這樣所以臉頰才這麼凹吧。不過小時候大家都誇我長得可愛呢。進入青春期後身體突然變大，大家開始說我不可愛，於是我不知道該怎麼面對食物。之後就越來越瘦。」確實，他臉頰瘦削，可是嘴唇卻紅潤飽滿。「別人開始說你不可愛時，你難過嗎？」「我覺得好像被大家拋棄了。腦子裡還出現很多肥皂劇的臺詞，例如：『再也沒有人愛我了』。我母親也是在那時候走的。」「她死了？」「她離家出走了。」這時候莫里斯紅著臉走過來，聲音嚴厲地說：「該回家了。」莫里斯好像沒看到米歇爾，連眼神接觸都沒有，好像只有我一個人無聊地站在那裡一樣。我戀戀不捨地看向米歇爾，他輕聲在我耳邊說：「下次我去看你。我知道你住在哪裡。」那聲音就像蜂蜜一樣甜，光聽就讓人想流口水。

莫里斯牽著我的手，離開宴會會場的飯店套房。電梯裡，他懷抱著我的肩膀好像在安慰我。不知為什麼，我不太想回家。坐進等在外面的接送車，我說：「好想再來參加宴會喔。」莫里斯安慰地看著我，輕輕撫摸我的手臂。

隔天早上來到活動場時，反射在岩石上陽光似乎比平時更亮。我盡情伸展身體，打了個哈欠，然後像游泳選手一樣雙手併攏，華麗地跳進水中。今天只有三個觀眾，但是他們給了我熱烈的掌聲。我游了一會兒仰式，途中身體一扭改為蛙式，咬住飄在眼前的樹枝。然後我咬著樹枝，又游了一陣子。我含著樹枝一邊游泳一邊回頭，發現觀眾增加到十個人左右。而且每個人都拿著相機。這讓我覺得很有意思。我把嘴上的樹枝忽而往左、忽而往右，激烈地擺動。水滴發出不可思議的聲音，在天空中開了個洞。我丟開樹枝，改為像魚一樣潛入水中閉氣，憋不住氣時再用力衝出水面。周圍響起一陣歡聲。我又潛了一次，拚命踢著水游到遠方，浮到水面上用力左右甩頭。觀眾增加到大約三十個人。我繼續游著仰式拍動著腳，天空裡是滿滿的相機鏡片。

熱鬧一整天的動物園到了傍晚也稍微安靜下來，晚餐結束的時間園裡已經沒有人聲，雖然鳥聲會嘈雜一陣子，不過等到夏天執拗的太陽終於退到大樓身後，連鳥聲也會消失。半夜裡偶爾會聽到狼的遠吠。我不喜歡狼，但在寂寞的夜裡，就算是狼也好，多希望有個說話的對象。

這時脊背忽然打了一個寒顫，環視房間，發現那臺滿是塵埃的電腦螢幕亮了起來，畫面中出現米歇爾的臉。我嚇到腿軟。這臺馬提亞留下來像佛壇一樣的電腦，我因為不知道使用方法幾乎忘了它的存在，現在突然發出光線。「嗨，今天過得還好嗎？」米歇爾的語氣就像這沒什麼值得大驚小怪一樣，我忘記掩飾自己的驚慌，問道：「你一直在看我？」「對啊。」「你從哪裡看的？你也在今天來的觀眾裡嗎？我看不太清楚欄杆對方觀眾的臉。只能憑氣氛跟身體輪廓來大概分辨是男是女，或者是小孩還是大人。」「不，我是從雲上面看的。」「騙人。」「你看了今天的報紙嗎？」「還沒有。」「我們有個計畫，要讓你跟你母親重逢。」「母親，你是說馬提亞嗎？」「不，是托斯卡。」

我試著想像自己跟托斯卡重逢的場景，但腦子裡只想到小時候畫過兩個雪人並肩站立的那張圖畫，實在無法想像自己跟母親之間的對話。「米歐爾，你好像知道很多事，那我問你，為什麼大家都說我母親神經衰弱？我想知道，請告訴我吧。」米歐爾右手放在下巴，撫摸著看不見剃鬍鬚痕跡的光滑下巴。「這個問題很難。我的回答可能不見得正確，但是動物園的人可能覺得馬戲團是個不自然的地方吧。海豚和虎鯨在空中旋轉、用鼻尖丟球還算好。畢竟這些動物本來就喜歡玩、喜歡給人類帶來驚喜。不過熊騎自行車就太奇怪了，西歐人認為，假如強迫熊做這種事就會讓他們神經衰弱。」「我母親騎了自行車嗎？」「詳細的事我也不太清楚。可能滾過大球、走過鋼索。總之，她確實做過一些必須得重複練習的表演。我不確定托斯卡自己有沒有被強迫。也可能托斯卡理所當然地繼承了祖先被強迫的歷史。從這一點來說我也一樣。」「你也待過馬戲團嗎？」「不是馬戲團，但是我五歲左右就站上舞臺唱歌跳舞。我會站的時候就已經開始練習跳舞了，還不會說話就已經會唱情歌。之後就一口氣攀上成功巔峰，連休息的時間都沒有。不過小時候還是挺不錯的。被人說我不可愛的那個時期，我朋友對我說，你真正的幼年時代被暴力剝奪了，必須搶回來才行。」「有人強迫你練習唱歌跳舞嗎？」「一開始是這樣，但是後來沒有人強迫我也會自己強迫自己，已經逃不掉了。」「我母親可能也是一樣。所以她才會生病嗎？」「不，我覺得應該不是。你可以直接去問她本人。那我先走了。」

米歇爾來了之後我的睡眠開始變得很深沉，睜開眼睛時好像可以看到眼皮後的粉紅色黏膜。吃完早飯，我會跟小時候一樣盡情在活動場上奔跑。馬提亞的笑容掠過腦中。欄杆對面有好幾十個觀眾拿著相機。風一吹就可以聞到園長的味道。我抓著樹站起來，舉起一隻手揮了揮。園長也對我揮揮手。我轉動肩膀跟脖子，做著柔軟體操。早上的觀眾人數漸漸增加，下午最熱的時間會稍微減少，不過到傍晚又會變多，排成兩三層隊伍看著我。

要想出新遊戲很難。想努力絞盡腦汁時體溫就會上升。不過因為觀眾，特別是小孩那麼期待，我就更想表演新的遊戲。表現有趣的東西時，連大人的身體也會鬆弛，露出開朗的表情。這天我靈機一動，想像岩石是冰做的，開始在上面滑行。「啊，他在練習在冰上走路！」一個男孩大叫。「一定是想念北極了吧。」這是大人的聲音。「努特有一天會回北極去嗎？」女孩難過地問。我想起之前在電視上看過的滑冰。真想穿那種短裙。胸前是不是有很多亮晶晶的裝飾？或者那其實是碎冰或者水花？我把自己當成滑冰選手開始滑行，還想試著反著走，不知道為什麼一直辦不到，跌了一屁股。笑聲響起。任何事都需要練習。明天繼續加油吧。

連續好幾天都熱到只能躲在樹蔭下等待日落。偶爾我會半閉著眼，想像一片白雪原野，但是眼前只會出現雪融化後的水面。藍色水面平坦延伸到水平線，上面一片碎冰都沒有。「啊，努特溺水了。」聽到孩子的聲音我猛然回過神來，急忙游蛙式到陸地上。對了，好像已經很久沒有夢見祖母了。

米歇爾每天晚上都會來玩。「努特，你讓觀眾很開心呢。」「因為我自己也很開心。」「我也很喜歡站在舞臺上的感覺。但是一開始是被強迫的。上小學之前我一直以為，如果歌舞不夠完美沒晚餐吃是理所當然的事。」「馬提亞沒有強迫我做任何事。」「這我知道。所以看到你就深深覺得我們的時代結束了，很開心。不過你還沒完全獲得自由。你還沒有人權。哪一天很有可能因為別人的心情而送命。」

米歇爾告訴我一個故事。有個專門研究動物相關法律的法學家名叫阿爾布雷希特，他控告萊比錫動物園園長容霍德，將被母親拋棄的新生懶熊安樂死。萊比錫地方檢署認為：「安樂死是為了及早避免人類養大的動物在成人之後出現的人格障礙。」所以撤銷阿爾布雷希特的提訴。這也就罷了。其實被撤訴的阿爾布雷希特並不是全然站在動物那一邊。有些人以釣魚為樂，有些人的興趣是獵鹿，而這個人就是一個追逐法律這種獵物的獵人，接著他轉而控告柏林動物園竟然讓人類來扶養被母親拋棄的北極熊寶寶。被人類養大的北極熊通常欠缺社會性。可能無法跟夥伴好好相處，也不知道怎麼跟雌性求愛，因而發生爭吵。這種熊根本不應該活在世界上，阿爾布雷希特主張，假如萊比錫動物園無罪，那麼沒有讓努特安樂死的柏林動物園就應該有罪。

聽到這裡我不只全身發毛，甚至整個腦袋都很混亂，感覺我平坦的頭頂似乎漸漸發熱膨脹了起來。「人類最討厭不自然的事。」米歇爾對我說明：「熊就該有熊的樣子，下層階級就該有下層階級的樣子，否則就是不自然。」「既然如此，人類為什麼要蓋動物園？」「嗯，或許自相矛盾就是人類唯一自然的地方吧。」「這也太不公平了。」「你不需要在意自然或不自然，你只需要照自己所想的活就行了。」

他雖然這麼說，但是既然提起「自然」這個話題，我就一直放在心上，夜裡遲遲難以入眠。假如順應自然，我應該會尋找托斯卡的乳房，拚命咬著用力地吸吮吧。眼睛看不見、耳朵也聽不見，被不知道從哪裡開始、在哪裡結束的溫暖毛皮包裹著，在一個除了母熊氣味什麼也沒有的洞穴裡度過人生最初的幾週，直到嚴冬趨緩吧。假如順應自然的話。可是打從一出生就跟自然無緣的我，喝著馬提亞用奶瓶餵的牛奶長大。但那不也是自然的一部分嗎？現代智人這種突變的怪物下定決心無論如何都要養大北極熊的孩子。

原本洞穴正中央應該有母親這個中心存在，但是四方形的箱子中央什麼也沒有。而且還有四面牆，哪裡也去不了。撞到牆壁再也無法前進的感覺、對牆壁外面的憧憬。這些都證明了我確實是個土生土長的柏林孩子不是嗎？我出生的時候柏林圍牆已經倒塌好幾年，但住在柏林的人身體裡都還記得有牆壁的感覺。

有人笑我沒去過北極，但馬來熊沒去過馬來西亞，亞洲黑熊也還沒去過佐世保。大家都只知道柏林，這很正常啊。「米歇爾，那你呢。你是柏林人嗎？」聽到我的問題米歇爾為難地笑了笑：「柏林只有音樂會的時候去過。退休之後要去哪裡都很自由，所以我去過很多地方。」「你家在哪裡？」「你在月球上面走過嗎？」「沒有，感覺應該很冷很舒服。」「柏林沒有冷氣，你應該會很熱很辛苦吧。不過沒有冷氣也是好事。」

「為什麼？」「因為如果家裡像冰箱、外面是沙漠，就不用出去外面了吧。你很喜歡外面嗎？」「喜歡啊，外面最棒了。」「那總有一天你一定可以出去的。像我一樣。」米歇爾這麼說，開心地笑著回去了。米歇爾離開時總是不說再見，一溜煙地消失。馬提亞也是某一天突然不說再見就消失了。我母親托斯卡也一樣，沒有跟我說再見。

米歇爾告訴我，報上說如果我順利跟托斯卡重逢，下次還要讓我跟拉爾斯見面，另外還計畫讓我跟年輕女孩相親。我最近不太看報。米歇爾說：「相親也就罷了，聽說是想讓你跟其他北極熊相處，研究你是不是具備社會性，這簡直把你當成病人嘛。」我嘆了一口氣，米歇爾摸著我的肩膀安慰我：「不用在意。他們只要發現跟自己不同的毛色，就會馬上嚷嚷著要檢查。沒什麼大不了的。」這時我才第一次注意到米歇爾的臉色蒼白，比馬提亞更蒼白。「你該不會生病了吧？」「沒有，只是剛剛想起一些不好的回憶，血液循環變差了而已。我對女人沒興趣，但是無論如何都很想要孩子，不過很多人都無法理解這一點。所以吃了不少苦頭。」

不過這個夏天還真熱。本來以為夏天終於來到了巔峰，沒想到隔天又更熱了，到底要熱到什麼程度太陽才肯罷休呢？米歇爾總是入夜之後天氣變涼了才會出現。

米歇爾好像不喜歡火車。我問他是不是搭公車來的、是不是騎自行車來的，他都只是搖頭，不肯告訴我。他沒帶手錶，屁股口袋也沒看到皮夾。他就像隻黑豹，渾身光滑又高雅。

儘管天氣這麼熱，白天的觀眾人數不減反增，平日白天欄杆前每個角落都排了兩排人臉。下排都是小孩，為了想看清楚孩子們的臉，我漸漸成了遠視。小孩子坐在嬰兒車裡。還有些孩子會從嬰兒車裡往前伸出雙手，張開嘴巴發出跟發春的貓一樣的叫聲。站在嬰兒車後的女人們有的顯得很疲倦冰冷，有的呆呆愣愣、心不在焉，也有人很有精神。我心想，原來母親有這麼多種類啊。

有一天，我看到正前方並排著四臺嬰兒車。每位母親個子都差不多，四個人的表情也都很開朗，但是仔細看看，四臺嬰兒車裡只有三個嬰兒，第四臺嬰兒車裡放的是有我的臉的玩偶。我渾身發毛，再次看看那個母親的臉，她髮旋附近有一一束頭髮翹起來，衣領很亂。雖然露出很幸福的微笑，但是她有沒有發現嬰兒車裡是玩偶呢？還是說她覺得是玩偶也無所謂？不知怎麼地，我開始覺得坐在那嬰兒車中裡的玩偶好像是我死去的兄弟。我自己一點也不記得，但是經常在報上看到我的雙胞胎兄弟出生後第四天就死掉這件事。死掉的一方永遠是不會長大的嬰孩，是不是不管過了幾年、幾十年，都會坐在那種嬰兒車裡，永遠在園裡徘徊？

入秋之後暑氣終於稍緩。我打翻了早餐的牛奶，掃除的人放了幾張舊報紙要吸牛奶，上面有米歇爾大大的照片。自從遠視之後總是看不清楚字，但如果我沒看錯，上面寫的應該是「死去」。日期太小，我看不見。

那天晚上米歇爾一樣若無其事地造訪，看來應該是我看錯了吧。其實詢問本人是最好的方法，但總覺得難以啟齒。米歇爾似乎沒發現我的躁動不安，他溫柔地問：「見到你母親了嗎？」「還沒，不過聽說快了。」「最好先想想見到她之後想問她什麼，不然到時候腦子裡會突然一片紅，什麼話都想不起來。」「如果是你會問什麼？」「我想想看。我大概會想問我母親，假如沒有父親、只有母親一個人的話，會怎麼教育我們。我本來以為是因為我父親很窮，所以他渴望金錢，不惜對我們兄弟動粗也要把我們栽培成表演者，但好像不是因為錢。父親年輕時也曾經登上舞臺、演奏樂器，可是他在途中放棄、成為勞工。而且曾經登臺這件事還經常被自己的哥哥嘲笑。可能是覺得不甘心吧。」「你為什麼不再站上舞臺了？」「我們都可以適應不同環境生活。改變身體、改變想法等等。但是一旦所謂的『環境』完全不復存在，就再也無法生活了。我的環境完全消失了。」

說到環境，我有環境嗎？除了米歇爾以外，沒有其他人會來看我。一個人可以擁有附這麼大泳池的露臺，但這叫做環境嗎？看著天空，我會想去很遠的地方。天空這麼寬廣，與天空相對的大地一定也一樣無邊無際。天氣一天天變涼，就表示冬天從遠方前來了。假如接近，應該會被柏林夏天的暑熱加溫，但是現在吹著很冷的風，就表示「遠方」維持著涼冷，沒有受到這裡的熱度影響。真想去遠方。

觀眾已經穿上大衣，圍上圍巾，戴上毛線帽和手套。寒冷的天氣凍紅了大家的鼻尖，但他們還是一直站在欄杆另一邊望著這裡。

最近有人會丟南瓜過來，這很好玩。南瓜掉進水裡會在水面浮浮沉沉。我進入水裡，用鼻子推著南瓜一邊游泳，游著游著肚子就餓了，忍不住咬了一口，味道還不錯。

我繼續把缺了一口的南瓜當玩具在水裡玩。「努特在外面游泳不冷嗎？」我聽到一個孩子這麼問。「不冷啊。因為努特的故鄉在北極。」我還聽到大人說謊的聲音。報上寫了那麼多次我出生在柏林、我母親在加拿大出生在東德長大，他們卻只因為我的毛皮是白色就說我出生在北極。

晚上天氣突然變冷了，米歇爾可能沒有大衣吧，他從來不穿大衣來。他總是身穿有白色蕾絲的女襯衫外面搭上很紳士的黑色薄西裝，白襪黑皮鞋。「你真帥，頭髮也好黑喔。」聽到我這麼說他笑著回答：「所以我才會來這裡，因為我想念白色的東西。」「但是不可以把我來這裡的事情說出去喔。報誌很麻煩的。」「報上寫的很多都是騙人的，我已經不看了。」「像你就被寫得很過分。」「你也是啊，之前他們也寫了很多你不好的事。」我順勢脫口而出，米歇爾的臉瞬間僵住。「應該沒有寫過我的事吧。」「有啊，說你死了。」

南瓜是混雜了黃色和綠色的秋天顏色，抬頭一看，從我的露臺也可以看到晚秋時分染成同樣顏色的最後樹葉。米歇爾不來玩之後過了幾天呢？我開始不知怎麼計算時間。每天一點一點變冷，我可以克服夏天，沒有冷氣我也一樣能健康生活，這樣的自信跟悲傷成反比，一天比一天強烈，但我不知道生活中還有什麼可以期待的。跟父母親重逢的日子嗎？還是相親的日子？老實說，我還想跟莫里斯一起參加宴會。好想去外面。我根本不想相親。

我深切期盼的，是冬日漸濃的日子，是能完全沉浸在冬天的日子，是可以確信冬天的日子。冬天是給走過灼熱夏天而來的人的獎勵。是可以陶醉夢想著清涼北極，面對還沒被寫滿八卦的鉛字所汙染的雪白紙張，面對如同牛奶般甘甜、營養豐富的白色的日子。

那天的空氣沉重潮濕，喉嚨發癢，感覺有點想哭，又有點想笑。脊髓又冷又濕又重。好像會就這樣倒下，雖然叫人憂鬱，但卻也不失為一種喜悅。到了傍晚，這種感覺瞬間凝集。潮濕的風撫過肌膚，彷彿連我的骨頭都想細細品味一樣，穿透了肉體，直抵骨髓。灰色天空的另一邊燦白猶如點亮的日光燈。陰暗的天色分不清現在是早晨還是傍晚，欄杆和岩肌都照映不出色彩。仰望天空。咦？黑色碎片在空中翻飛。是雪。又來一片。

是雪。然後又來了一片。是雪。在這裡、在那裡翩翩翻飛。是雪。起初看起來是黑色的。但那確實是白色的結晶。是雪。移動的白色物體瞬間看起來竟然像黑色，真是不可思議。是雪。翩翩翻飛、靜靜落地。是雪。一片一片飄落。是雪。又片片飄落。是雪。不斷地飄落。抬頭望去，身邊的雪花被風吹著，像樹葉一樣不斷往背後飛。我乘著雪，朝向地球的頭頂全速飛去。

國家圖書館出版品預行編目資料

雪的練習生 / 多和田葉子著；詹慕如譯．-- 初版．--
臺北市：聯合文學出版社股份有限公司，2025.04
280 面 ；14.8×21 公分．--（聯合譯叢；101）

ISBN 978-986-323-677-1（平裝）

861.57　　　114004107

聯合譯叢 101

雪的練習生（雪の練習生）

作　　者／多和田葉子
譯　　者／詹慕如
發 行 人／張寶琴

總 編 輯／周昭翡
主　　編／蕭仁豪
資深編輯／林劭璜
編　　輯／劉倍佐
資深美編／戴榮芝
業務部總經理／李文吉
發行助理／詹益炫
財 務 部／趙玉瑩　韋秀英
人事行政組／李懷瑩
版權管理／蕭仁豪

法律顧問／理律法律事務所
陳長文律師、蔣大中律師

出 版 者／聯合文學出版社股份有限公司
地　　址／(110)臺北市基隆路一段 178 號 10 樓
電　　話／(02)27666759 轉 5107
傳　　真／(02)27567914
郵撥帳號／ 17623526 聯合文學出版社股份有限公司
登 記 證／行政院新聞局局版臺業字第 6109 號
網　　址／http://unitas.udngroup.com.tw
E-mail:unitas@udngroup.com.tw

印 刷 廠／約書亞創藝有限公司
總 經 銷／聯合發行股份有限公司
地　　址／(231)新北市新店區寶橋路235巷6弄6號2樓
電　　話／(02)29178022

出版日期／ 2025 年 4 月初版
定　　價／ 400 元

ISBN 978-986-323-677-1（平裝）